石川忠久・中西進の漢詩歓談

大修館書店

まえがき

この書を成す直接のきっかけとなったのは、平成十四年十月、大修館書店『月刊しにか』誌が催した、「日本人の好きな漢詩」という特集である。好きな漢詩、好きな漢詩人を読者に選んでもらったのだが、かなりの反響があり、あらためて漢詩の根強い人気に驚いたことであった。

〝人気投票〟の結果は、本書の付録にも再録したが、予想通りというか、いずれも選ばれるべきものが選ばれており、おのずから日本人の好尚の傾向もまた表れている。

『月刊しにか』では、その結果を受けて、私に誰かと対談をして欲しいという。その時、私の頭に浮かんだのは、国文学の泰斗・中西進氏のことであった。

中西さんとのご縁は、そもそもは日本学術会議の会員としてご一緒したことから始まる。平成十一年七月、学術会議の第一部会（人文系分野）が高知で催された折、会員による市民向けの文化講演会が開かれた。その時の演題は、中西さんが「『源氏物語』に見る〝愛〟」で、石川が「漢詩に見る〝愛情〟〝友情〟」だった。

たしかその夜、会員の平岡敏夫氏（近現代文学の権威、当時・群馬女子大学長）も交じえて、白楽天の詩の評価やその影響などを話題に侃々諤々の議論をした記憶がある。その後も、中西さんとは講演会や討論会で顔を合わせ、漢詩から広く日本文化全般、漢字教育などに意見を交換する機会も多かった。

そういう経緯で、中西さんと私の対談が実現した（これも本書付録に再録）。中西さんの手に掛かると、杜甫の「春望」が出れば、人麿《ひとまろ》の「近江荒都《おうみこうと》の歌」が出、杜牧《とぼく》の「江南の春」が出れば、前川佐美雄の短歌が出る、という具合に、縦横に話題が広がり、対談は大いに盛り上がった。

せっかくの盛り上がりを、一回だけではつまらない、と『月刊しにか』誌での一年間の対談が決まった。名づけて「青燈《せいとう》詩話」という。これは、私の好きな菅茶山《かんちゃざん》（江戸後期の詩人）の「冬夜読書」詩の句、「一穂《いっすい》の青燈 万古の心」から取ったものである。平成十五年四月から、この三月まで十二回連載した。

対談では、先の人気投票も踏まえ、日本人に親しまれている詩を味読していくことにした。これを「春」「情愛」「旅」「秋」「友情」「自適」の六部立てに構成し、一部につき連載二回分、一回に二首ずつ取り上げるようにした。

連載が終わったところで、自然に一冊の書となる。一書にまとめるにあたっては、連載では紙数の制約でカットせざるを得なかった部分も、復活させることができ、分量は約一・五倍に増えた。それに伴い、タイトルもより広汎な読者を意識して、わかりやすい「石川忠久・中西進の漢詩歓談」に改めることとした。

毎回の対談では、中西さんの東西に亘《わた》る該博な知識と鋭い批評眼が随所に発揮され、目からうろこが落ちることがしばしばであった。

一、二、例を挙げると、「旅の詩」で取り上げた杜牧の「秦淮《しんわい》に泊す」詩では、「商女《しょうじょ》は知らず亡国の恨み、江《こう》を隔てて猶《な》お唱《うた》う後庭花《こうていか》」という句の、「知らず」の解釈（九四ページ）とか、李白の「早《つと》に白帝城を発す」詩では、この詩の持つ性格（一一五ページ）とか、これまで千何百年、誰も考えなかったような〝新説〟が出た。

また、漢詩と和歌、俳句、新体詩などとの影響関係や、西欧の詩歌との関連等々、中西さんにとっては自家薬籠中のもの、話題は尽きることがない。お蔭で漢詩鑑賞の書として、他に類のない面白いものが出来た。必ずや多くの読者の興味を引くことであろう。

日本人にとって、漢詩はなくてはならぬものである。日本文化の根底に漢詩は深く滲《し》み透っている。国語教育の基礎として、当然学校教育の場でもっともっと扱うべきものと思う。現実がそうなっていないのはまことに残念だが、せめてこのような書を多くの人が読んで、関心を深めていただけたら、と思うことである。

終わりに、『月刊しにか』の連載からこの書の出版に至るまで、力を尽くしてくれた大修館書店編集部の円満字二郎氏に感謝の意を表して筆を擱《お》く。

平成十六年三月

石川　忠久

目次

第一章　春の詩

四時歌

春水満四沢
夏雲多奇峰
秋月揚明輝
冬嶺秀孤松

四時《しいじ》の歌《うた》　陶淵明《とうえんめい》

春水《しゅんすい》 四沢《したく》に満《み》ち
夏雲《かうん》 奇峰《きほう》多《おお》し
秋月《しゅうげつ》 明輝《めいき》を揚《あ》げ
冬嶺《とうれい》 孤松《こしょう》秀《ひい》づ

《通釈》春は水が四方の沢地に満ち満ち、夏は入道雲がすばらしい峰を形づくる。秋の月は明るく輝いて中天にかかり、冬枯れの嶺には、松の秀でた姿が目立つ。

陶淵明　東晋の詩人（三六五～四二七）。名は潜《せん》。淵明は字《あざな》。官僚になったもののその生活を嫌い、後に職を辞して帰郷し、田園生活をうたう詩を多く作った。「隠逸詩人の宗」として、後世の文学に与えた影響は大きい。

＊1　東晋《とうしん》の画家（三四五？～四〇六）。「女史箴《しん》図《ず》」などの作品がある。

「四時の歌」の季節感

石川　さて、これからいろいろな漢詩を読んでいくわけですが、今日はその最初ですから、親しみやすい季節をうたった漢詩の中から、春の詩を見ていきたいと思います。

まず取り上げますのは「四時の歌」という詩です。この詩は陶淵明の作ということになっていますが、ちょっと怪しいです。少し先輩の顧愷之《こがいし》＊1の作という説もあるんですが、いずれにしろ古いものであることは間違いありません。この作品のおもしろいところは、春夏秋冬という四つの季節を一句でとらえたらどうか、という端的なとらえかたですね。これが非常にセンスがいいので、陶淵明の作品じゃないとしても、そうとうの作り手が作ったのではないか、と思います。

中西　作者のはっきりしないものが、しかし非常に人口に膾炙《かいしゃ》して、陶淵明のものに違いないと思われているそのこと自体が、非常におもしろいですね。なぜ陶淵明なのか、理由は何かあるんですか。

石川　一つは、うたい方が素朴だということ。唐の時代の詩とは、ちょっと違う。もう一つはやっぱり、自然をうたっている似た作品があるということ。

中西　その素朴ということについて申しますと、生活的な、いわばカレンダー代わりみたいな感じですね。

石川　それが陶淵明風だということになる。他にも陶淵明の作とする根拠だと思われるものがあります。最初の句の「春水　四沢に満つ」。ふつうなら「春は花だよ」だと思いますね。ところが、春になると、冬の氷が解けて、じわじわじわじわ水が出るよ、だから「春はなんといっても水だよ」といっている。実はあの「帰去来《ききょらい》の辞《じ》」*2の中にも、春になって流れ出す泉をうたった「泉は涓涓《けんけん》として始めて流る」という句があるんです。

*2 「帰りなんいざ、田園将《まさ》に蕪《あ》れんとす」で始まる名文。四〇五年、陶淵明が官僚を辞めて故郷に帰った時の心境を述べる作。

中西　そういう個性的な捉え方をするところと、さっき私が感じた、カレンダー的で誰でもが覚えていて、今風にいうと小学校の子供が口ずさんでいるというような印象と、ちょっと違うんですが。

石川　そうですね。それぞれの季節に典型的なもの、という考え方で取り上げているんだと思います。

中西　たとえば、春は花がふつう典型だけれど、水。

石川　そこに、生命力みたいなものを感じるんでしょうね。

中西　この春の捉え方を見ていると、『古今集』の頭の方を思い出すんですよ。たとえば、紀貫之《きのつらゆき》＊3の「袖ひぢて　むすびし水の　こほれるを　春立つ今日の　風やとくらむ」。

石川　ああ、なるほど。

中西　「谷風に　とくる氷の　ひまごとに　うち出《い》づる波や　春の初花」＊4というのもあります。『古今集』は、春の到来を水で知るという感じがあるんですね。「氷をとく」というのは「月令《がつりょう》」＊5の翻案とされていますね。

石川　『礼記《らいき》』＊6の「月令」編に、「孟春《もうしゅん》の月、東風氷を解く」とありますね。

中西　そうすると、この「四時の歌」も、日本への影響がありますか。

石川　そうですね。この詩は季節感がはっきりとしていて、日本人にもピ

＊3　平安時代前期の歌人（八七二ごろ〜九四五ごろ）。『古今集』の撰者の一人。「袖ひぢて……」の歌は、『古今集』巻一―二。

＊4　源当純《みなもとのまさずみ》の歌。『古今集』巻一―一二。

＊5　中国古代、一年十二か月のそれぞれの月に行うべきとされた行事・政令。

＊6　儒家の経典・五経の一つ。その成立事情はよく分かっていないが、漢王朝（前二世紀〜後二世紀）の成立とされている。

タッとくるということはあります。夏の入道雲、これもわかりやすいですよね。それから秋の月も、日本人にはわかりやすい。

中西 この「夏雲」はどうなんですか。雲の峰なんていうのは新しい感じがするんですけど、漢詩ではやっぱり千年以上の歴史があるんですか。

石川 ありますね。これ以後はもう、夏は雲が出てくるのが多いです。それより、私は冬の松がおもしろいと思う。

中西 松に対する憧れは、日本人は中国から学んだ気がします。

石川 『論語』の「歳《とし》寒くして松柏《しょうはく》の凋《しぼ》むに後るるを知る」というのが、一番古いですね。[*7] そこから松に操《みさお》を見るようになった、四時に緑だというのでね。

中西 この「孤松」といういい方は、ずいぶん古いんですか?

石川 陶淵明あたりからですね。やはり「帰去来の辞」に「孤松を撫《ぶ》して盤桓《ばんかん》す」という句があります。一本松を撫でながら、あたりを歩き回るというんですね。この「孤松」も、この詩を陶淵明の作だとする理由の一つです。

中西 全体から眺めてみると、この最後のところは、ちょっとおもしろいですね。「春水」「夏雲」「秋月」と来て、たとえば「冬松」ですと、うまく並ぶ。それをちょっと踏み外してます。

石川 はい、おもしろいと思いますね。一本調子になることを避けていると

*7 子罕《しかん》編の一章。松や柏などは、冬になって他の木の葉が落ちたときにこそ、常緑樹であることがはっきりとわかる、の意味。

ころもあると思います。

北と南の風土の違い

中西　この詩を見ていてもう一つ思い出しましたのは、今度は中国の方で、「子夜歌《しゃか》」*8です。あの中にも春夏秋冬の歌があるでしょう。春はさっきおっしゃったように花ですよね。それから夏が蓮。秋が、月もあるんですけど、風。最後に冬が、氷とか雪とか、松柏もあります。「四時の歌」に似ているところがありませんか。

石川　そうですね。「子夜歌」というのは、中国でも南の方、江南《こうなん》地方の歌なんですよ。江南は四季の移り変わりもはっきりしていて、景色も日本と似ている土地柄です。

中西　ちょっと話がそれますけども、唐招提寺《とうしょうだいじ》*9の鑑真《がんじん》和上《わじょう》*10の像を祀ってある御影堂《みえいどう》に、東山魁夷《ひがしやまかいい》*11が絵を描いています。前面は全部海の絵で、鑑真が中国から渡ってきた海なんですね。ところが左側のふすまを開けますと、日本の風景なんですよ。これは到着した場所の風景で、鑑真は目が見えないから想像しただろうというわけです。そしてその反対側にある、像が入っている厨子《ずし》の周りを開けますとね、これが、柳が風になびいているような絵なんです

*8　子夜は、四世紀ごろ、江南地方にいた女性。彼女の歌う歌があまりにものがなしいので、それを模して作った歌が流行したという。

*9　奈良市にある律宗《りっしゅう》の総本山。七五六年、鑑真和上が建立した寺。

*10　唐代の僧（六八七〜七六三）。日本僧の求めに応じて渡日を決意、五回に及ぶ失敗を乗り越えて、七五三年に来日を果たした。日本律宗の祖とされる。

*11　日本画家（一九〇八〜一九九九）。唐招提寺御影堂の障壁画は、十余年の歳月を費やして完成された代表作の一つ。

よ。

石川　揚州《ようしゅう》だな。

中西　それを今ちょっと思い出したんです。

石川　鑑真和上のゆかりのお寺が、揚州にありますね。

中西　大明寺《だいみょうじ》。

石川　揚州は、隋《ずい》の煬帝《ようだい》[*12]が堤をこしらえて柳を植えたというので、有名なんです。

中西　隋の煬帝ですか。大運河を造ったのも煬帝ですね。

石川　そうです。

中西　それが中国の南北を結びつける結果にもなったわけですよね。

石川　そうですね。煬帝は南の風土をこよなく愛したんです。

中西　たしかに、北とはだいぶ違いますから。

石川　ええ、北とは違います。ですから、話を戻しますと、「子夜歌」には、洛陽《らくよう》とか長安とかとは違う四季の感覚というのが出ている、ということはあります。

中西　「四時の歌」についても、北とか南とかいうのは、関係しますか。

石川　これは北ではできない詩です。四世紀の初め、洛陽に都していた西晋《せいしん》

＊12　隋の第二代皇帝（五六九〜六一八）。豪華な生活を好み、大土木事業を起こして、隋王朝を滅亡に追いやったとされる。

という王朝が滅亡して、中国の北半分が異民族の支配下に置かれたとき、北の、いわゆる貴族たち、知識人たちは南へと逃げて、今の南京を都にして東《とう》晋《しん》という王朝を作ります。そのとき、彼らは江南の風土に初めて触れたんです。最初は「いや、風景は似ているようだが、なんとなく故郷とは違う」と涙を流したんですけど、そのうちに、「いいなあ、きれいだなあ」と感じるようになってくる。その美しさにだんだん気が付いてくるのが、二世代、三世代後ですね。やがて謝霊運《しゃれいうん》*13なんて大詩人が現れて、自然の美しさをうたうようになります。

自然の発見者・謝霊運

中西　謝霊運は、自然の発見者と考えられていますね。

石川　ものすごく鋭敏な観察眼の持ち主なんです。たとえば、朝早く日が出るころに外へ出て、そのときに見た景色と、夕暮れ、帰るときに日が沈んで、そのときに見る景色が微妙に違う。そのことを捉えて、「昏旦《こんたん》に気候変ず」*14というい方をしてます。

中西　自然の発見というのが、光線の発見だった、ということですか。

石川　まあ、私にいわせればそうなります。

*13　南朝宋の詩人（三八五〜四三三）。陶淵明と並び称される山水詩人の巨匠。

*14　「石壁精舎《せきへきしょうじゃ》、湖中より還るの作」（『文選』巻二二、遊覧所収）の冒頭の一句。ここでの「気候」は、空気、様子の意味。

中西　物の形というのは、要するに明暗と色彩でしょう。ですからどれくらい光が当たっているかと、どれくらいプリズムを通して見ているかっていう話ですね。だから光線への着目っていうのは、ものすごく科学的な観察になりますね。

石川　たしかに謝霊運は、ある意味では科学的ですね。他にも「崖傾いて光り留め難し」[*15]なんて句もあります。崖が傾いていると光が止まらない。平地の場合は光はじっとしている。ところが傾いていると、光の加減が刻々と変化していく。

中西　乱反射という現象を捉えているんでしょうかね。

石川　そしてこの句と対句になっているのが、「林深ければ響き奔《はし》り易し」。林が深いと、響きがサアッと伝わる。これは物理学で証明されてるんです。水の中で音が伝わりやすいのと同じように、シーンとした森の中では、ふつうのところよりも音がさっと伝わる。この物理的な事実を、謝霊運は鋭敏な感覚で詩にしているんです。こういう詩はそれまでにはなかったんです。

中西　光線の発見だけでなく、響きもまた、謝霊運はたくさん詩にしているんですか。

石川　ええ。「噭《きょう》噭《きょう》として夜猨《やえん》啼《な》く」[*16]とかね。猿の声を、「噭噭」というんで

＊15　「石門《せきもん》に新たに住む所を営む、四面は高山・廻《かい》渓《けい》・石瀬《せきらい》・脩竹《しゅうちく》・茂林《もりん》なり」（『文選』巻三〇、雑詩下所収）中の一句。

＊16　「石門《せきもん》の最高頂に登る」（『文選』巻二二、遊覧所収）中の一句。

す。鋭い、キー、キーっていう声に、この字を当ててるんです。これはおもしろいですよ。

中西　光線の発見と音響の発見というのは、ことばを変えれば視覚と聴覚ですね。あと、人間の感覚で残ってるのは、味覚とか触覚ですが、これはたいしたことない。人間の感覚は、視覚と聴覚でほとんど全てのようですから、そう考えると、謝霊運の詩というのは、非常に肉体的というか身体的ですね。

石川　そうですね。人並みはずれた感覚の持ち主ですね。

中西　『万葉集』に、柿本人麿《かきのもとのひとまろ》*17の「あしひきの　山川《やまがは》の瀬の　響《な》るなへに　弓月《ゆつき》が嶽《たけ》に　雲立ち渡る」という歌があります。まず、川の瀬が鳴るというのですから聴覚、そして雲が立ちわたるというんですから、これは視覚。こういう全身的な受け取り方というのは、古代的な肉体性なのか、それとも自然科学的な、分析的な捉え方なのか。

石川　分析的というか、鋭敏なんです。感覚が研ぎ澄まされてるんでしょうね。

中西　だから、ふつうの人が見逃すようなものを見ているんでしょうね。でも、そういったものを「光」とか「響き」ということばで捉えるっていうのは、ものすごく根源的じゃありませんか。それだけ取り上げれば、非常に直

*17　『万葉集』を代表する歌人の一人（生没年未詳）。「あしひきの……」の歌は、『万葉集』巻七―一〇八八。

感的にも思えますね。そういうところは驚きますね。

石川　驚きますねえ。それがこんなに早い時期にできてるんです。

中西　西洋の絵でいうと、レンブラント・レイっていうのがありますね。レンブラント[*18]は特殊な光線のあて方をするっていう。

石川　でも、一七世紀の人だからね（笑）。

中西　そうなんですよ（笑）。西洋でいうと、そんな時代の話です。

石川　中国文学は非常に成熟が早いっていうけど、感覚も非常に早く成熟しているんです。

中西　日本文学だと、紀貫之が、光や火に対してたいへんおもしろい歌をうたっています。たとえば、池に映った月を見て、「二つなき　ものと思ひしを　水底に　山の端ならで　出づる月影」[*19]とうたっています。ほかにも、かがり火が水の底でも燃えてたとか、そういう虚像を貫之はよく詠んだといわれるんです。ただ火と光とはちょっと違いますが。

石川　そうですねえ。中国にも火に対するものもあるけれども、その点では、日本人の方が鋭敏かもわかりませんね。

中西　いやあ、謝霊運の光っていうのは驚きましたね。

石川　まあ、そのことをいっている人はこれまでいないので、私の発見です

＊18　オランダの画家、版画家（一六〇六〜六九）。「夜警」などの作品で知られる。

＊19　『古今集』巻一七―八八一。

けどね（笑）。

江南への憧れ

中西　ところで、「四時の歌」とか「子夜歌」のような詩は、場所を問わず愛されているんでしょうか。つまり、こういう季節感は、北の方だと実感はないわけでしょう。

石川　まあ、なくても、想像することはできますからね。

中西　江南の方では、実景と実感を持ってうたっていて、北の方では、一種の想像上のユートピアみたいな感じで、憧れを持ってうたっている。

石川　そうですね。ですから「江南」ということばに、憧れているんです。それで「江南好《こうなんこう》」*20という歌のジャンルができてくるんです。たとえば白楽天*21は、「江南の好《よ》ろしき、風景、旧《もと》、曾《かつ》て諳《そら》んず」、なんてうたっています。

中西　「江南の春」*22なんていうのもありましたね。

石川　ああいう詩が作られるというのもやはり、憧れているんですね。だから作者も、これみよがしに美しくうたうわけです。「千里鶯啼《うぐいすな》いて緑紅《くれない》に映ず」とね。

中西　なるほど。

＊20　詞牌《しはい》（「詞」の形式）の一つ。「憶江南《おくこうなん》」ともいう。

＊21　一四ページの作者紹介を参照。「江南の好しき……」は、彼の「憶江南」の冒頭。

＊22　晩唐の詩人、杜牧《とぼく》（九一ページ作者紹介参照）の七言絶句。全体は、「千里鶯啼いて緑紅に映ず、水村山郭酒旗《すいそんさんかくしゅき》の風。南朝四百八十寺《しひゃくはっしんじ》、多少の楼台煙雨の中」。

石川　ちょうどいい機会ですから、江南の春を美しくうたった詩をもう一首、見ておきましょうかね。

杭州春望

望海楼明照曙霞
護江堤白蹋晴沙
濤声夜入伍員廟
柳色春蔵蘇小家
紅袖織綾誇柿蔕
青旗沽酒趁梨花
誰開湖寺西南路
草緑裙腰一道斜

杭州《こうしゅう》の春望《しゅんぼう》　白楽天《はくらくてん》

望海楼《ぼうかいろう》明《あき》らかにして　曙霞《しょか》照《て》らし
護江堤《ごこうてい》白《しろ》くして　晴沙《せいさ》を蹋《ふ》む
濤声《とうせい》夜《よる》入《い》る　伍員《ごうん》の廟《びょう》
柳色《りゅうしょく》春《はる》蔵《ぞう》す　蘇小《そしょう》の家《いえ》
紅袖《こうしゅう》綾《あや》を織《お》りて　柿蔕《したい》を誇《ほこ》り
青旗《せいき》酒《さけ》を沽《か》いて　梨花《りか》を趁《お》う
誰《たれ》か開《ひら》く　湖寺《こじ》西南《せいなん》の路《みち》
草《くさ》は緑《みどり》に　裙腰《くんよう》一道《いちどう》斜《なな》めなり

《通釈》望海楼は明るく朝焼けに照らされ、銭塘江《せんとうこう》の堤は白く、晴れた日のもと、その砂を踏んで散歩する。夜には伍子胥《ごししょ》の御廟《おみや》に波の音が響いてくるし、春の柳は蘇小小《そしょうしょう》の家をこんもりとおおう。赤い袖の娘たちは柿蔕花《したいか》の織り物が自慢、青いのぼりの酒屋では梨花春《りかしゅん》がよく買われる。孤山寺《こざんじ》の西南の路は誰が開いたのだろう、緑色の草がスカートのように一すじ斜めに続いている。

白楽天　中唐の詩人（七七二～八四六）。名は居易《きょい》。楽天は字。その詩は在世中から日本にももたらされ、日本文学に大きな影響を与えた。

「杭州の春望」の句作り

石川　白楽天は五十一歳から五十三歳まで杭州刺史《しし》という、杭州の長官になっているんです。それからいったん都へ帰って、今度は蘇州《そしゅう》刺史になるんです。杭州と蘇州というのは、どちらも江南地方の非常に景色のいいところですから、その両方の刺史をやっているなんて、ちょっとうらやましいような感じがします。

中西　この詩、私あまり感動しなかったんです。なぜかといいますとね、杭州の名所案内みたいな感じがして、たとえばあの香炉峰の詩*1とは、性格が非常に違うように思うんです。

石川　香炉峰の詩の場合は、一種の人生哲学なんです。この詩は、おっしゃるとおり名所図絵ですよ。「杭州よいとこ一度はおいで」という、そういう詩です（笑）。だから俗っぽいし、薄っぺらな感じもしないではない。ただね、句作りは上手ですよ。だから我が国の王朝人たちも大いに珍重してね、『和漢《わかん》朗詠集《ろうえいしゅう》』*2なんかにも取ってるわけです。

中西　句作りということでいえば、例えば最初の「望海楼明らかにして曙霞照らし」ですが、これは、望海楼があかあかとしていてかすみが照っている、ということになるのでしょうか。

*1　正式な詩題は、「香炉峰下、新たに山居を卜《ぼく》し、草堂初めて成り、偶《たまたま》東壁に題す」。「遺愛寺の鐘は枕を欹《そばだ》てて聞き、香炉峰の雪は簾を撥《かか》げて看る」の対句が有名。

*2　一一世紀初めごろ、藤原公任《きんとう》の編。日本・中国の漢詩の秀句に和歌を添え、朗詠の用に供したもの。

石川　中国でいう「霞」は、朝焼けの意味なんです。

中西　なるほど。でも、望海楼が明らかなのは、朝焼けが照らした結果ではありませんか。この句をそのまま読むと、順序が逆で、表現としてはどこかバラバラな感じがします。

石川　おっしゃる通り、理屈からいうとこの句は、望海楼が明るいのは朝焼けが照らしているからだ、ということなんです。それをこういうふうな句作りにしているんですね。最初に目に入ったものが、望海楼のパアッと明るい姿。それでなぜ明るいかなあと思ったら、朝焼けが出てた、ということです。認識の順序ですね。

中西　それは感覚的といえますか。

石川　感覚的ですね。有名な「林間《りんかん》に酒を煖《あたた》めて紅葉を焼《た》く」*3という句もそうでしょう。酒を煖めることを先にいって、それは紅葉を焼いた結果なんだ、ということは後でいう。

中西　理詰めが排除されていて、肉体性が前に出てくる。これは白楽天の特徴ですか。

石川　必ずしも白楽天の特徴ではないです。自然をうたううたい方として、一つの特色なんですよ。先祖を尋ねると、謝霊運くらいかなあと思います。

*3　白楽天の七言律詩「王十八《おうじゅうはち》の山に帰るを送り、仙遊寺《せんゆうじ》に寄題す」のうちの一句。

さっきもいったみたいに、謝霊運は非常に鋭敏な感覚の持ち主なんです。その流れだと私は思いますね。

中西 他にも、たとえば「青旗 酒を沽いて梨花を趁う」という句。これにも似たようなところがありませんか。

石川 「青旗」は酒屋の目印の旗、「梨花」は、「梨花春《りかしゅん》」というお酒の名前です。つまり、「酒屋では梨花春がよく売れる」ということをいっているんですね。

中西 そうすると、意味としては「梨花春を趁って酒を沽う」わけですよね。逆になってるんですよ。その前の「紅袖 綾を織りて柿蔕を誇る」も、「柿蔕」は織物の名前ですから、「紅袖」は「柿蔕」を織った結果でしょう。そういうふうに、シンタックスを変えることによって、ことばが現実以外のもう一つの世界を作り上げる。これはやっぱり詩的イメージの世界ですよね。この詩は、それが非常に目立ちますよね。

石川 そうですね。強調したいものを先にもってくる、こういう句法を倒装法といいます。うたい方やうたっていることはごくありふれたものなんですけど、そういうような描写法とか、技術を見てくれ、ということなんです。

白楽天の生き方

中西　中国の詩をずっと見てきますと、白楽天のところまで来ると、表現がガラッと変わっている感じがするんです。ちょっと凝りすぎみたいな感じがするんです。そういう技術のうまさのようなものが、白楽天の全てだと思われがちなんですか。そうだとすると、ちょっと残念なんですけど。

石川　まあ、白楽天はいろいろな面を持ってますからね。ことにこの五十代のころの作品というものが一つの大きなまとまりになっていて、日本の王朝人に非常に好まれました。でも、その前の三十代には諷喩詩《ふうゆし》[*4]をいっぱい作ってますからね。全然ちがいますね。

中西　それから晩年に、洛陽に帰ってきてから後というのは、非常に軽やかな感じがあるでしょう。

石川　そうですね。歳もとってきましたから、枯れてね、軽やかになってきたんです。ですから白楽天は、三変してます。

中西　道教に対する関心も、晩年に出てきたものですか。

石川　ええ。それに仏教への関心も出てきます。

中西　ただ、その仏教も、たとえば王維[*5]のように非常に熱心なものではなくて、もっと当たり前というか、一般的なさわり方で、仏教に触れていく感じ

*4　時の政治を批判し、社会を批評する目的で作られた詩。白楽天は四十歳のころ、「新楽府《しんがふ》」と題する五十首からなる諷喩詩を作った。

*5　一四八ページの作者紹介を参照。

がするんですが。

石川　王維のようなひたむきさは、ないですね。教養の一つとしての仏教、そして友達に和尚さんがいる（笑）。「九老会」とか「七老会」とかいってね、和尚さんたちとパーティーをして、遊んでいる。

中西　気軽に人生を過ごした人のような感じがありますね。

石川　功成り名遂げてますからね。白楽天みたいに恵まれた詩人は、少ないですよ。

中西　作品は早くから外国にも伝えられていたわけですしね。

石川　詩人の中では例外的ですね。長生きもしたしね。

杭州の美しさ

中西　そういう詩人がうたったこの詩の中に、春というのはどんなふうに詠まれていると考えたらいいんでしょうか。たしかに春景色はあるんですけれども、春をどうだといっているのか、ちょっと見えてこないような気がするんです。

石川　杭州の場合は中心が西湖で、湖を取り巻いて三面が山です。山は松の緑。そして湖には蓮がある。渚には蒲の穂がある。それまで、北にいたときには目にしないようなそういう風景に惹かれているんですね。
中西　西湖にはたしか、白楽天が築いたという「白堤《はくてい》」がありますね。
石川　彼が白堤を築いたことがはっきりしているわけじゃないんです。ただ、この詩に「護江堤白くして……」の句があることから、白楽天が作ったのだろうとされてきたんです。でも今日では、白楽天が作ったものではないんじゃないかという方が、有力な説なんですけどね。
中西　この詩だけが根拠ですと、ちょっと弱いですね。
石川　でも白楽天によって、杭州の美しさ、ことにその西湖の美しさは初めて文学の世界に出たんですから、それだけでもたいへんな功績ですよ。
中西　西湖の詩っていうのはたくさんあるんですか。
石川　白楽天が最初でね。その後は少し途絶えていて、蘇東坡《そとうば》*6です。
中西　西湖と西施《せいし》の関係はどうなんですか。西施の故事は、少なくともこの詩には、影がないですね。
石川　この詩に出てくる女性は「蘇小」、蘇小小《そしょうしょう》です。西施という女性は、春秋時代に、西湖より少し南の、苕渓《ちょうけい》というところで絹さらしをしていたという美女なんです。それが、いわゆる呉越の抗争*7の中で、越の王様から呉の王様に贈り物として贈られて、呉王をその色香で惑わせたというので、伝説

*6　二五ページの作者紹介を参照。
*7　春秋時代、長江下流域にあった呉国と越国との間で繰り広げられた覇権争い。「臥薪嘗胆《がしんしょうたん》」「会稽《かいけい》の恥」など多くの故事成語を生んだ。
*8　春秋時代、楚《そ》の人（?～前四八五）。父と兄を殺されて呉に亡命し、呉王を助けたが、後、讒言《ざんげん》にあって死を賜った。
*9　四〇ページの作者紹介を参照。西施をうたっ

的な傾国の美女となっていくわけです。

この詩では、呉越の抗争に関係して「伍員」、伍子胥《ごししょ》*8の方が詠み込まれていて、西施は出てきません。李白*9には、西施をうたった詩があります。ただ、西湖と西施とを結びつけた詩ではないんです。この二つを結びつけたのは、「西湖を把《と》って西子《せいし》と比せんと欲すれば、淡粧濃抹《たんしょうのうまつ》総《すべ》て相宜《あいよろ》し」*10という、例の有名な蘇東坡の詩ですね。西湖と西施を比較して、薄化粧でも厚化粧でもどっちも似合うという、これまたおもしろい発想の詩です。

女性美の発見

中西　むしろ、蘇小小という女性の方に興味があります。

石川　やはり伝説的な妓女ですね。南朝のころの人だといわれていて、西湖のほとりにお墓があります。李賀《りが》*11に「蘇小小の墓」というおもしろい詩があります。

中西　彼女のような妓女が、詩の中につややかな姿で出てくるというのは、よくあることでしょうか。

石川　たとえば王羲之《おうぎし》*12の息子の王献之《おうけんし》*13に、「情人桃葉歌《じょうじんとうようか》」という詩があるんですよ。「桃の葉ちゃん」っていう妓女をうたっているんです。そういう女性

た詩は、たとえば七言古詩「烏棲曲《うせいきょく》」。

*10　七言絶句「湖上に飲《いん》す、初め晴れ後に雨ふる」の後半部。前半は、「水光瀲灎《れんえん》として晴れて方《まさ》に好く、山色空濛《くうもう》として雨も亦《ま》た奇なり」。

*11　中唐の詩人（七九〇〜八一六）。「蘇小小の墓」は、「幽蘭《ゆうらん》の露、啼眼《ていがん》のごとし」で始まる、三言句を主体とした古体詩。

*12　東晋の詩人・書家（三〇七〜三六五）。その書は非常に名高く、書聖と称される。作品に「蘭亭集の序」などがある。

*13　東晋の詩人（?〜三八八）。字は子敬《しけい》。王羲之の子。「情人桃葉歌」は、「桃葉復《ま》た桃葉」で始まる、五言四句からなる歌。二首が伝わっている。

の身になって作る詩があるんですね。作られたのは四世紀半ばです。女性の詩っていう流れがあるんですね。

中西　この詩では、蘇小小もそうだし、「紅袖」は赤い袖の娘たちですし、「裙腰一道斜めなり」だって、道がスカートのように斜めに続いているというんですね。女性のつややかな影がたくさんでてきますけど、これは珍しいんでしょうか。

石川　今いった「桃葉歌」なんかもそうなんですけど、南の美しい風景と女性の美しさをうたった詩というのがはやりましてね。先ほどの「子夜歌」もその典型ですが、それをずっと引き継いでいるわけです。

中西　江南というと美女というイメージがありますか。

石川　結びつきますね。

中西　いや、大伴家持《おおとものやかもち》＊14に「館《やかた》の門《かど》に在りて江南の美女を見て作れる歌」というのがあるんですよ。「見渡せば　向《むか》つ峰《を》の上《へ》の　花にほひ　照りて立てるは　愛《は》しき誰《た》が妻」というんですが、なんだか全然わかんないんですよ。実景ではなさそうなんですね。でも、江南っていうと美女っていうイメージ、いわば一つの詩におけるモデルがあって、それを実際の風景にあてはめて詠んでいるんなら、よくわかるんです。そういう美女のいる江南の風景、というのは、

＊14　奈良時代の歌人（七一八ごろ～七八五）。『万葉集』の編者ではないかとされる。「館の門に在りて江南の美女を見て作れる歌」は、『万葉集』二〇―四三九七。

その王献之くらいから始まるんですか。

石川　うーん、そうですね。それまでにはそういう歌はないですからね。

中西　そうすると、王羲之や王献之という文人たちは、江南の風景の発見者で、それを詩に再生産した最初の人たちだったといっていいですか。

石川　そうですね。山水自然の美しさをうたうということについてはもう少し先輩がいるんですけれども、いわゆる江南の美しさをうたったのは、彼らが最初ですね。女性と結びつけたのも最初です。

中西　ちょっと話がずれますが、たとえば伎楽名に「呉女《ごじょ》」*15っていうのがあるんです。これも美女として出てくるんですけど、呉という地方にも、美女のイメージはありますか。

石川　ありますね。李白に「長干《ちょうかん》　呉の児女、眉目《びもく》　星月艶《せいげつえん》なり」*16という句があります。呉の長干という土地の女性は、目元が星や月のようになまめかしい、というんです。

中西　今でも、お嫁に迎えるなら蘇州の女性がいい、とかいいますし、江南、その周辺も広く全部入れて、ああいうところが、美女のイメージを持っていませんか。

石川　そうですね。もっとも、美女が多いという土地は他にもあるんですけ

＊15　伎楽に登場する美女。外道《げどう》の崑崙《こんろん》から懸想されるが、力士が崑崙をやっつけ、勝利の舞を舞う。正倉院にある色白の美女の面が呉女の面と伝えられる。

＊16　五言絶句「越女詞《えつじょし》」五首の第一首の冒頭二句。

どね。南では蘇州だの杭州だのあのへんです。

中西 さて、そうだとすると、白楽天も、杭州刺史に左遷されて来て一つ発見したことは、女性の美だったとはいえませんか。

石川 ははは（笑）。夢中になっちゃってね。

中西 彼は子どもが早く死んだりして、家庭的には恵まれないでしょう。その代わりといってはなんですけれど、つややかなものに惹かれたのかもしれませんね。

春夜

春宵一刻直千金
花有清香月有陰
歌管楼台声細細
鞦韆院落夜沈沈

春夜《しゅんや》　　蘇軾《そしょく》

春宵一刻《しゅんしょういっこく》 直《あたい》千金《せんきん》
花《はな》に清香《せいこう》有《あ》り 月《つき》に陰《かげ》有《あ》り
歌管楼台《かかんろうだい》 声細細《こえさいさい》
鞦韆院落《しゅうせんいんらく》 夜沈沈《よるちんちん》

《通釈》春の夜は、ひとときが千金に値するほどで、花は清らかに香り、月はおぼろにかすんでいる。高楼の歌声や管弦の音は今はかぼそく聞こえるだけ、中庭にひっそりとぶらんこが下がり、夜は静かにふけていく。

蘇軾　北宋の詩人・文章家（一〇三六〜一一〇一）。当時の文壇の重鎮で、文章家としては、唐宋八大家の一人に数えられ、詩人としては北宋第一とされる。

華やぎと静けさの対比

石川　さて、「四時の歌」と「杭州の春望」という南方の春の詩を見たところで、目を北に転じて、北の方の春の詩から、蘇軾の「春夜」をまず取り上げましょう。蘇軾は、号を東坡《とうば》といいますが、もともとは四川省の山奥の人です。若くして試験に合格して、当時の都の汴京《べんけい》、現在の開封《かいほう》へ出てきました。すぐ母親に死なれて喪に服すために帰郷して、また出てきて、そのとき赴任した先が長安の先の鳳翔《ほうしょう》なんです。そして三十代の終わり頃に、例の杭州へ、次長として行くわけです。そこで西湖の美しさに触れて詩を作って、そして十年ぐらい後にもう一回、今度は長官として来る。そのときこしらえたのが、現在でも残っている「蘇堤《そてい》」という堤です。この「春夜」は、まだ彼が開封の都で、宮仕えをしている時の作品です。

中西　いくつくらいですか、この時は。

石川　三十代くらいだと思います。このとき、彼は宮中に宿直してたんですね。ちょうど月がよくて、そのことを「春宵一刻 直 千金」という有名な句に仕立てた。これはいいはやされていますけど、春の夜の美しさというものをお金に換算するという、おもしろい発想なんですね。

でも、この詩の一番おもしろい所は、宮中の春の夜の、華やぎと静けさの対比です。月のいい晩には必ず、宮中では月見の宴会をやっているんですよ。それがいまちょうど終わりかけて、「声細細」となるわけです。そのときにふと、「鞦韆」、ブランコに目がいく。なぜ目がいったかというと、宮女が昼間それで遊んでいた光景が、目に焼き付いているからなんです。それが、いまは垂れ下がっているだけ。ブランコが下がっていることの裏に、宮女の華やぎがある。それが月の光とうまく混ざって、同時に、さっきまで聞こえていた詩歌管弦の余韻みたいなものがからまっている、そういうおもしろい詩です。

ブランコをめぐって

中西　ブランコというのは本来は、遊女が乗っていたものだと聞いたことがあります。どのへんから始まるのか、[*1] ローマあたりか、あるいはアラブぐらいか……。

石川　西から来てるんですね。

中西　中国の昔の屏風の絵など見ましても、宮女が乗ってたりします。おっしゃるような昼間の残影、それはかなりつややかな、色めいた残影なんでしょうね。

石川　ブランコの吊ってある縄だって、色彩の豊かな、きれいな縄だと思いますよ。乗ってる宮女はもちろん、袖が長くて、それが翻るんですよ。非常に派手な、しかもなまめかしい、そういうシーンです。

中西　私は、夜の公園について小さなエッセイを書いたことがあるんですけど、しーんとした中で、ブランコがじっとしてるとか、滑り台やジャングルジムがあるとか、きわめて根元的な感じがするんですよ。

石川　蘇東坡に通いますな（笑）。

*1　上垣外憲一「鞦韆の比較文学」（『東洋大学紀要・教養課程編』二五号、一九八七［昭和六二］年三月）には、ブランコがギリシャやインドなどに存在したことが指摘されている。

中西　シーソーっていうのもありますよね。あれは、ものすごく哲学的でしょう。下がりっぱなしかというと、上がることもあるんです。必ず相対性を持っていて、こっちが下がるとあっちが上がる。もしかしたら哲学者が机の上に置いてまさぐっていたものじゃないか。

石川　なるほどねえ。

中西　ブランコも、とにかく奥が深い。しかも、夜のブランコ。

石川　日本の詩にもありますか、ブランコをうたっているものは。

中西　漢詩に最初に使ったのは嵯峨《さが》天皇*2ですが、和歌には思い当たりません。おそらく俳諧にならないと出てこない。俳句でいいますと「ふらここ」ですね。炭太祇《たんのたいぎ》*3の「ふらここの 会釈こぼるるや 高みより」とか。江戸時代まではないと思いますよ。

石川　じゃあ、和歌に中国の影響はなかったんですかね。中国では、ブランコは古くは漢代からあるんです。

中西　『万葉集』『古今集』あたりにはないですね。十世紀初頭の辞書『和名抄《わみょうしょう》』*4には「由佐波利《ゆさはり》」として出てきますから、もしかしたら、曽禰好忠《そねのよしただ》*5という変わり者の歌人、彼なら詠んでいるかもしれません。

石川　歌の題材としてはおもしろい題材なんじゃないかと思うんですけどね。

＊2　第五十二代天皇（七八六〜八四二）。天皇であるとともに当時一流の文化人でもあり、自ら多くの漢詩文を残した。平安時代初期の漢詩集『経国集』に、「鞦韆篇」と題する七言古詩が収録されている。

＊3　江戸時代中期の俳人（一七〇九〜一七七一）。「ふらここの…」の句は、『太祇句選』所収。

＊4　『和名類聚抄《るいじゅうしょう》』。九三四年ごろ、源順《みなもとのしたごう》の編んだ、一種の百科事典。

＊5　平安時代の歌人（一〇世紀後半在世）。当時の和歌の枠にとらわれない、新奇な用語を多く用いて歌を詠んだ。

中西　漢詩には当然出てくるんでしょうね。

石川　たくさんではないけれど、晩唐の韋荘《いそう》*6の詩にありますね。「鞦韆」っていうことばは、現代中国語で、チューチェンっていう音です。美しい響きですね。

「その後」の哲学

中西　もう一つ気が付いたのは、「花に清香あり 月に陰あり」「歌管楼台 声細細」という華やぎがあって、いま「鞦韆院落 夜沈沈」でしょう。つまり、この詩では、「その後」というものに目がいってるんですね。「その後」っていうのは、注目するとおもしろいんです。あの吉田兼好*7が『徒然草』で、たとえば祭りを見たっていうのは、お祭りだけを見たんじゃ、ほんとに見たとはいえない、その終わった後、車の混雑もおさまって、しつらえも取り払われる。いろんなものが散らかって、杯盤狼藉《はいばんろうぜき》だったりする。そんな「大路《おほぢ》見たるこそ、祭りを見たるにてはあれ」といっています。月も満月だけじゃいかん、花も満開だけではいかん、欠けたところを見ることによって、はじめて月を見たということができる、と考えているんです。兼好っていうのは、「その後」に注目した点で独特の哲学を持っているんです。この詩も、「その後」

*6　晩唐の詩人（八三六〜九一〇）。その「丙辰《へいしん》の年 鄜州《ふしゅう》にて寒食に遇《あ》い城外に酔吟す」五首の「其の一」に、「満街の楊柳 緑糸の煙、画《えが》き出《い》だす清明二月の天。好し是れ簾を隔てて花樹動く、女郎 撩《りょう》乱《らん》として鞦韆を送る」とある。

*7　鎌倉時代末期・室町時代初期の歌人（一二八三ごろ〜一三五二ごろ）。その著『徒然草』は、中世を代表する随筆。「大路見たるこそ、……」は、その第一三七段。

ですね。

石川　そうですね。今思い出したけれども、同じ蘇東坡にね、「赤壁の賦」[*8]っていう名文がありますよね。あの文章では、夜、舟の上で酒盛りをしながら、三国時代の赤壁の戦いに想いを馳せて人生のはかなさを思っているわけですが、その最後の所に、「肴核《こうかく》既に尽きて、杯盤狼藉たり」とあるんです。宴が終わり酒の肴もなくなって、ちらかってる様子をもって結んでいます。

中西　すると「その後」っていうところに目を付けたのが、蘇軾の特色なんでしょうか。

石川　そういえるかもしれません。

宿直の詩

中西　この詩は宿直をしていたときの詩ですよね。宿直というのは、和歌でも割合と出てくるんですね。

石川　「とのい」ですね。

中西　「とのい」が独特の文化の土壌を作っている。一種、「とのい」詩の系譜みたいなものがあって、非常におもいしろいですね。

石川　中国では、杜甫[*9]に宿直の詩があります。「春　左省《さしょう》に宿す」という『唐

＊8　一〇八二年の作。正式には「前赤壁の賦」という。末尾は、「肴核既に尽きて、杯盤狼藉たり。相与《あいとも》に舟中に枕藉《ちんしゃ》して、東方の既に白むを知らず」と終わる。

＊9　五二ページの作者紹介を参照。「春　左省に宿す」は、五言律詩。最初の一聯は、「花は隠たり掖《えき》垣《えん》の暮れ、啾啾《しゅうしゅう》として棲《せい》鳥《ちょう》過ぐ」。

詩選』にとられている有名な詩です。じいっと夜が明けるのを待って、夜が明けたら天子さまに書を奉らねばならぬって、張り切っている詩です。蘇軾の詩とおなじように季節は春で、啾啾《しゅうしゅう》として鳥が啼くわけです。夜が更けて、だんだんだんだん朝になっていく時の経過の中で、自分が緊張しているようすをうたっています。

中西　杜甫らしいのかもしれませんけれど、その詩には、遊びがないですね。

石川　遊びはないですね。ただ、緊張した気持ちを、宮中らしくうたっています。

中西　勤務としてやむを得ず宿直してるんだけれど、しかしそれなりに、昼間の華やぎとか、自分を取り巻いている風雅な雰囲気とかいうようなものがあって、その中で夜という時間を過ごす。そのことが独特の詩情をかき立てて、ある特殊な詩を作るという、そんな感じが和歌にはあるんです。漢詩には、そういう遊び心といいますか、風雅といいますか、そういうものはありませんか。

石川　宮中の夜といいますと、中国には宮怨詩《きゅうえんし》があります。漢の武帝の皇后だった陳皇后[*10]とか、同じく漢の成帝に愛された班婕妤《はんしょうよ》[*11]とかが、やがて寵愛を失って、夜、ひとりで悩んでいる。すると向こうから、宴会をやっている音

*10　紀元前二世紀、前漢の武帝の皇后、陳阿嬌《あきょう》。いとこ同士の幼なじみで結婚したが、やがて衛子《えいし》夫《ふ》に愛を奪われた。

*11　紀元前一世紀、前漢の成帝の妃。「婕妤」は、女官の位。詩歌に長じて愛されたが、後、趙飛燕《ちょうひえん》に寵を奪われた。

が聞こえてくるんです。その華やぎを恨めしく聞いている。そんなシチュエーションをうたった詩があるんです。

中西　中国の皇帝と后との関係は、たいへん華やかなものでありながら、たとえば陵園《りょうえん》に閉じこめられてしまうっていうのを含めて、文学の題材になりやすいですね。その点は、日本はそれほどではないんです。

石川　やっぱり規模が小さいからですかね。

中西　日本だと、天皇が出家した後、御所の一隅でわびしく暮らしていた后が、宿直の武士からある嵐の夜に恋を打ち明けられて身ごもる、という話が『増鏡《ますかがみ》』*12にありますね。

石川　そういうのはあんまりないな、中国には。さっきおっしゃった陵園に閉じこめられてしまうっていうのは、白楽天の「陵園の妾《しょう》」*13という詩ですが、これも、讒言《ざんげん》によって罪を得た宮女が、御陵の守り役として閉じこめられたまま、寂しく年をとっていく、という内容ですしね。

*12　歴史物語。後鳥羽《ごとば》天皇から後醍醐《ごだいご》天皇に至る、鎌倉時代の約一五〇年間の歴史を描いている。

*13　七言古詩。「陵園の妾、顔色は花のごとく、命は葉のごとし」で始まる。「新楽府」（一八ページ注4参照）の一つ。

春暁
春眠不覚暁
処処聞啼鳥
夜来風雨声
花落知多少

春暁《しゅんぎょう》　孟浩然《もうこうねん》
春眠《しゅんみん》　暁《あかつき》を覚《おぼ》えず
処処《しょしょ》　啼鳥《ていちょう》を聞《き》く
夜来《やらい》　風雨《ふうう》の声《こえ》
花落《はなお》つること知《し》る多少《たしょう》

《通釈》春の眠りは、夜明けも気づかぬほど心地よく、目覚めると、あちこちから小鳥のさえずりが聞こえてくる。夕べは雨風の音が激しかったけれど、今朝の庭は、花がどれほど散ったことだろう。

孟浩然　盛唐の詩人（六八九〜七四〇）。生涯ほとんど官職に就くことなく、放浪・隠棲の生活を送った。王維と並ぶ代表的な自然詩人。

「春暁」と「朝寝」の詩

石川　春の詩の最後に、孟浩然の「春暁」を取り上げましょう。この詩はたいへん人口に膾炙《かいしゃ》した詩ですから、ことばを尽くす必要はないでしょう。しかし、従来の鑑賞では、春を惜しむというところに視点がいってたんです。私はそうじゃないと思う。つまり、この作品の背後には、栄華の巷《ちまた》を低く見るような高い精神、高士の姿がある、というのが私の見方なんです。寝ているのは、宮仕えを拒否しているからなんです。宮仕えをすると朝早くに出仕しなくてはいけませんから、寝てはいられません。だけどこの人物はぬくぬくと朝寝を楽しんでいる。「朝は早《はよ》から宮仕えに出てあくせくしている諸君、どうだ、このおれさまのような生活をしてみろ」とうそぶいているんです。「花落つること知る多少」、つまり「花はどれくらい散ったことだろうか」というのも、花びらが落ちたままにしてある、ということで、これが大事なんです。それは、あるがままの自然を楽しむ、という姿勢です。

王維にも「田園楽《でんえんらく》*1」という連作の詩があって、その第六首の中で「花落ちて家僮《かどう》未《いま》だ掃《はら》わず、鶯啼《な》いて山客《さんかく》猶《な》お眠る」、召し使いは花びらを掃かない、家の主人は、まだ高枕で寝てる、といっています。この二つの詩を見くらべると、よくわかるんじゃないかと思います。

中西　それは、非常に漢詩的な世界ですね。日本では、「朝寝」の詩といえばちょっと違った世界があります。

石川　といいますと……。

中西　日本でいいますと、「三千世界のカラスを殺し、ぬしと朝寝がしてみたい」。これは、高杉晋作《たかすぎしんさく》*2が好んだ端唄《はうた》ですけどね、「朝寝」っていったら、もうそうです。ですからこの「春暁」も、日本的に、艶情詩《えんじょうし》、つまり男女の恋の寓意を読むという読み方は成り立たないんでしょうか。

*1　五言絶句。「花落ちて……」は、第六首の後半部で、前半は、「桃紅は復《ま》た宿雨を含み、柳緑は更に春烟《しゅんえん》を帯ぶ」。

*2　幕末、長州の志士（一八三九〜六七）。「三千世界の……」は、彼の作と伝えられる都々逸《どどいつ》。

石川　なるほど。

中西　日本の場合だと、ほとんどがそういう寓意があるんですよ。漢詩の世界はとにかくストイックというか、そういうものは別ということになってますよね。本当にそうなのか、建前がそうなのか。この詩を読んでみますと、そうも読めますでしょう。

石川　読めるかな。

中西　「春眠 暁を覚えず、処々 啼鳥を聞く」。これは、日本でいうと、女性の部屋で朝を迎えて、起きて帰らなきゃいけない、となります。「夜来 風雨の声」、これはちょっと、エロチックですよ。そして「花落つること」……。

石川　実はそういった解釈もないことはなくて、そこまではないんですが、最近は、この詩は蘇州の妓女に贈られた恋の詩だ、なんていう人もいます。*3 でも、この解釈は今のところ、あまり支持を得ていないように思いますね。

中西　日本では、たとえば蕪村《ぶそん》*4の「澱河歌《でんがか》」っていう詩があって、淀川を舟で下っていくという詩なんですけど、安東次男《あんどうつぐお》*5さんが『澱河歌の周辺』っていう本で、この詩は女体をかけてるんだというんですね、一言も表面には出てこないんですけど。それからあの一休さん*6の漢詩がそうでしょう。水仙の香りがするなんていったり……。日本に来ると、漢詩すらそうなるんです。

*3　荘魯迅『物語・唐の反骨三詩人』(集英社新書、二〇〇二)。

*4　与謝蕪村。江戸時代中期の俳人(一七一六～一七八三)。「澱河歌」は、和漢雑体詩。「春水 梅花を浮かべ、南流して莵《と》 澱《でん》に合す」と始まる。

*5　詩人、評論家(一九一九～二〇〇二)。『澱河歌の周辺』は、一九六二(昭和三七)年刊。

*6　一休宗純。臨済宗の僧(一三九四～一四八一)。たとえば、「美人の陰に水仙の花の香りあり」という詩に、「楚《そ》台《だい》応《まさ》に望むべし応に攀《よ》ずべし、半夜の玉床《ぎょくしょう》 愁夢の顔。花は綻ぶ一茎の梅樹の下、凌《りょう》波《は》の仙子 腰間を遶《めぐ》る」とある。

石川　なるほどねえ。

中西　こんなことばかりいっていると、読者に叱られそうな気もしますが。

石川　いやいや叱られはしませんよ。

好色文学の大先輩

石川　実は、先ほどの高杉晋作の端唄の先祖っていうのが、今日もちょっと話に出た「子夜歌」のあたりにあるんです。「読曲歌《どっきょくか》」*7っていうんですが、「長鳴き鶏《どり》を撃ち殺し、烏臼《うきゅう》の鳥を弾《はじ》き去り」といって、夜が明けないように、ニワトリを殺し、カラスを弾き飛ばそうとするんです。全く発想は同じですね。晋作はそれを知ってたんじゃないかな。

中西　それじゃあ、中国にも「朝寝」の詩の流れがないわけではないんですね。

石川　まあ、孟浩然っていう人はね、隠者っぽいイメージで語られていますけど、中身を見ると、葛藤もあり、悩みもあり、そういう人間臭い詩も作っているんです。そう考えると、先ほどおっしゃったような寓意の可能性も、なくはないなあ。

中西　そうですよ。

＊7　五世紀前半、南朝宋のころにうたわれたという、五言四句の形式を持つ民歌。現在では八十九首が伝わる。この歌の後半は、「願わくは連冥《れんめい》復《ま》た曙《あ》けず、一年都《すべ》て一暁なるを得ん」。

石川　王維先生もね、とりすましたような顔をしてるけど、悠々自適な生活を描いた詩ばっかり詠んでたわけじゃない。秋の月夜に琴をつまびきながら、男を待ちこがれている女の身の上をうたった「秋夜曲」*8なんていう詩もあるんです。

中西　たしかに閑適の暮らしを描くというのは、漢詩の大きなテーマですよね。それがまた、不遇の詩になったりして、そういう流れはあるんですけれども、漢詩の世界をそうだとばかり決めつけてはいけないんじゃないでしょうか。

石川　中国は好色文学では大先輩ですからね。たとえば紀元前三世紀の宋《そう》玉《ぎょく》*9という詩人には、登徒子《とうとし》という好色家に仮託して王の色好みを戒めた「登徒子好色の賦」という作品があります。古さからいえば、日本なんて足下にも及ばない。「子夜歌」あたりにも、もっとエロチックなものがありますよ。

中西　「中国は儒教の国だから、恋愛なんてものは文学として成り立たない」なんていう人もいるんですけど、『遊仙窟《ゆうせんくつ》』*10もある。『金瓶梅《きんぺいばい》』*11もある。一知半解なことをいってると思いますね。そうじゃないですよ。

*8　七言絶句。「桂魄《けいはく》初めて生じ秋露《しゅうろ》微《び》なり、軽羅《けいら》已《すで》に薄くして未だ衣を更えず。」と始まる。ただし、王維の作ではないという説もある。

*9　屈原《くつげん》とともに『楚辞《そじ》』（一五五ページ注13参照）を代表する詩人の一人。「登徒子好色の賦」は、『文選』巻一九、賦、情所収。

*10　唐代に作られた伝奇小説。主人公の張文成《ちょうぶんせい》が神仙の世界に迷い込み、二人の仙女から歓待を受けるという物語。

*11　明代に作られた口語体の小説。当時の不正な社会や好色の生活を写実的に描いている。中国四大奇書の一つ。

第二章　情愛の詩

子夜呉歌　四首　其三　　　李白《りはく》

長安一片月
万戸擣衣声
秋風吹不尽
総是玉関情
何日平胡虜
良人罷遠征

子夜呉歌《しやごか》　四首《よんしゅ》　其《そ》の三《さん》
長安《ちょうあん》 一片《いっぺん》の月《つき》
万戸《ばんこ》 衣《ころも》を擣《う》つの声《こえ》
秋風《しゅうふう》 吹《ふ》いて尽《つ》きず
総《す》べて是《こ》れ 玉関《ぎょっかん》の情《じょう》
何《いず》れの日《ひ》にか 胡虜《こりょ》を平《たい》らげて
良人《りょうじん》 遠征《えんせい》を罷《や》めん

《通釈》長安の夜には月が冴え冴えと浮かび、あちこちから砧《きぬた》の音が聞こえてくる。秋風は吹きやまない。すべては、玉門関に出征している夫を思う心をかきたてる。いつになったら異民族をやっつけて、夫は遠征から帰ってくるのだろう。

景から情への展開

石川　今回は情愛というテーマでいくつかの詩を読んでいきたいのですが、その一番手として、まず、李白の「子夜呉歌」のうちの秋の歌を取り上げま

李白　盛唐の詩人（七〇一～七六二）。性格は豪放で酒を好み、天才肌の詩人として知られる。「静夜思《せいやし》」「峨眉山月《がびさんげつ》の歌」など、特に絶句に愛唱される名作が多い。

しょう。李白の「子夜呉歌」は春夏秋冬あるんですが、秋が一番有名です。

中西 前回、出てきましたね。「子夜歌」の春夏秋冬というのが。

石川 李白はその六朝《りくちょう》*1の「子夜歌」をうまく翻案したんです。元の「子夜歌」は四句の形式になっていますが、これは六句。新しい試みだと思います。よく「子夜呉歌」は四句でいい尽くしている、あとの二句は蛇足だよ、という人がいます。だけど蛇足といわれているこの二句が、実は纏綿《てんめん》たる情緒を醸しているわけで、これをなしにしたら、つまらない五言絶句になってしまう。

中西 私もそこに興味を持ったんです。また日本の話になってしまうんですが、五七五は俳句、それに七七で短歌になるでしょう。五七五までは、事柄とか情景みたいなもので、七七が情なんです。この詩の場合も、それと全く同じで、最初の四句のところは形式的なもので、後に付けるものが情緒。そういう形でこの六句体というのは始まったんですか。

石川 いや、そういうわけじゃないんですけども、ただ、李白にはそういう意図があったと思います。というのは、まず前半の四句で、一句ごとに、月と、砧と、秋風とがうたわれて、四句めで、それらが「総べて是れ」、玉門《ぎょくもん》関《かん》*2に出征している夫を思う心をかき立てる、というんです。そして、最後の二句には夫が出てきて、「何れの日にか胡虜を平らげて、良人 遠征を罷めん」

*1 今の南京市に都を置いた、呉・東晋《とうしん》・宋・斉・梁《りょう》・陳の六つの王朝。南京は当時、建康《けんこう》と呼ばれ、五八九年、隋《ずい》によって陳が滅ぼされるまで、江南の政治・文化の中心であった。

*2 現在の甘粛《かんしゅく》省敦煌《とんこう》市の東北に置かれた関所。古来、漢民族王朝の支配域の西端に位置し、西域に通ずる重要な関所であった。

という。この二句の意味するものは、もう既に前の四句でうたわれているけど、あえていうんですね。そこに纏綿たるものがあると思うんです。

中西　それは寓喩《ぐうゆ》としての詩から、叙情としての詩への展開といえないでしょうか。昔の詩には、ものだけをうたって、それが一つの寓喩、何かを暗示しているという詩が多いような気がするんです。そこに隠されている意味が分からなければ何だか全然分からない。だけど、それは寓喩として何とかだというのが示されると、そこから情につながっていく。この詩の場合は、その辺が非常におもしろいですね。

石川　そこをうたうためには、この詩はやはり、絶句で終わらずに、古詩という形式でなくちゃ駄目なんですよ。

古詩の魅力

中西　その場合の「古詩」の形式は、どういうものなんですか。

石川　絶句や律詩は、近体詩《きんたいし》と呼ばれているんですが、これには、いろいろな決まりがあるんです。「二四不同《にしふどう》」とか、七言の場合には「二六対《にろくつい》」とか、また「反法」とか「粘法《ねんぽう》」とか、詳しくいい出すといろいろあるのでやめておきますが、平仄《ひょうそく》にそういう決まりがあるんです。律詩になると、対句を入れなくちゃいけないという決まりもあります。でも、古詩というのは、そういう決まりは一切ないんです。もちろん、韻は踏みますけど、それ以外は一切決まりがない。だから自由に作ることができるんです。

中西　それは、定型詩と自由詩ということですよね。日本だと定型詩があって、やがて自由詩が生まれてくるわけです。中国では、その自由詩を「古い詩」という、その意識が非常におもしろいですね。

石川　絶句と律詩は、唐になって確立した形式です。それを「近体詩」といいます。ですから、近体詩の成立より前の詩はみな「古詩」です。近体詩ができてからは、その形式に制約されない詩を「古詩」というんです。

中西　唐より昔は自由だった、ということですか。

石川　そうです。自由というか、そういう意識がなかったんです。

中西　そこのところはおもしろいんですけど、だから駄目なんですか、いいんですか。

石川　駄目な面といい面と両方あります。まだ未熟だというのもあるけど、逆に近体にはない味が出せるということもあります。

中西　後者の方でいうと、古詩を作ろうというのは、そういう味を復活させようという意図があるわけですね。

石川　その通りです。近体に縛られない味わいを復活させるという狙いがあるんです。

漢詩の進歩

中西　近体詩ができてくるのは、いつごろなんですか。

石川　律詩の形が定まるのは初唐の末、西暦でいえば八世紀初頭ですけど、だいたい五世紀の終わりごろからもう形はできかかっています。ですから、謝朓《しゃちょう》＊3なんていう詩人の詩を見ると、もう唐の五言律詩とほとんど違わないものができています。それから、いろいろ練られて、すべてのものが完成するのに二〇〇年かかるんです。

中西　その律詩の半分のスタイルが、絶句ですね。絶句というのは、律詩という形式をちょっと捨てて、自由になろうとして生まれてきたんでしょうか。

石川　これはいろんな説があるんです。律詩の半分だけ截《き》りとったから、截《せっ》句《く》、絶句《ぜっく》だという説もあります。ところが、実際には四句のものが伝統的にあったんです。それはいわゆる端唄《はうた》、都々逸《どどいつ》風のもの、前回の最後の方で話に出た、ああいうものです。文人がそれに少しずつ手を加えて、だんだんと格調高いものになっていくわけです。唐の五言絶句なんかには、そういう深

＊3　南朝斉の詩人（四六四～四九九）。五言詩に優れた作品を多く残した。

いものがあると同時に、端唄、都々逸風の流れを引くものあるんです。

中西　そうすると、律詩のように従来の形式を整理してできあがってくるものもあるし、端唄、都々逸から発展してくる絶句のようなものもある、ということになりますか。

石川　ええ。漢詩の進歩というのは、一面的ではないんです。例えば最初は三十句もあるような長かったものがだんだんコンパクトになってきて、最後に八句という形を探し当てるわけです。その形を探し当てて、修辞を練って、いろんな規則をこしらえるというのが一つの流れ。もう一つの流れは、端唄、都々逸のような、そういう民歌から発展してくる。こちらは自由にうたう。

中西　その両方とも、自由とか、平明とか、一般歌とか、生活歌とか、そういう流れだとはいえないでしょうか。つまり、端唄、都々逸は本来そういうものですし、何十句なんていうものをもっとコンパクトにしようというのも、だれでも表現できるものにしようという面があるんじゃないでしょうか。それによって平明な生活感情を表現できるとか、そういうことではないのですか。

石川　生活感情を表現できるというところまでは、まだいかないと思んです。それはもうちょっと後で、杜甫ぐらいからです。杜甫はそういう意味では、時代の先取りをしているんです。

中西　なるほど。

心と形の葛藤

石川　詩だけではなく、文章でも、六朝のころにはやった駢文《べんぶん》という、修辞を凝らした一種の定型文があるんですが、それが否定されて、自由に書くということが起こってくるんです。これも、以前の文章に帰れというわけで、古文と呼ばれています。

中西　それはいつごろのことですか。

石川　起源を訪ねると、隋《ずい》*4のころからですね。

中西　でも、そのころは、定型詩の成立時期でもあるわけでしょう。

石川　ええ。定型詩が成立すると、今度は逆に文章の方では定型が飽きられてくる。両方が進んでいくのがおもしろいんです。結局、駢文というものはちょうど唐の近体詩が成立するころになって否定されて、前面に古文が出てくるわけです。ただし、実際に古文の勢いが本当に強くなるのはもうちょっと後、唐の時代でも韓愈《かんゆ》*5とか白楽天とかの時代です。

中西　それまでは、駢文はまだまだ尊重されていたんですか。

*4　五八一年、楊堅《ようけん》が北朝の北周を乗っ取って起こした王朝。五八九年、中国を統一したが、六一八年、二代皇帝の煬帝《ようだい》のときに滅んだ。

*5　中唐の詩人、文章家（七六八〜八二四）。古文の復興の旗手として、唐宋八大家の一人に数えられる。

石川　そうですよ。李白も駢文をいっぱい残しています。有名な「春夜桃李の園に宴する序」*6も、六朝のころのガチガチの駢文ではないけど、でも駢文のスタイルです。

中西　つまり、そういう表現における修飾性といったようなものが、まだまだ李白の「春夜桃李の園に宴する序」には残っていたけれど、それもやがては否定されていって、もっと自由になっていく。

石川　そうですね。李白の作品でいえば、多面的な要素があるんですけど、一つはやはり六朝のころからのものを継承するところがあるんです。たとえば、李白が宮仕えをしている時に作られた「宮中行楽詞」*7という詩があります。これは形は唐になってできた五言律詩の格好をしているけど、中身は六朝のころにはやったような、あでやかな宮中の生活を謳歌するような内容なんです。

中西　いわば心と形の葛藤みたいなものがあるんですね。

空間と時間の広がり

石川　「子夜呉歌」に話を戻しますと、この詩は、民謡、民歌を取って、その精神を新しい形に仕立てるという李白の意図が、非常にはっきりと見られる

*6　「夫《そ》れ月日は万物の逆旅《げきりょ》にして、光陰は百代の過客なり」で始まる名文。ある春の夜、宴会に招かれた際に作られた。

*7　玄宗《げんそう》皇帝が宮中の行楽の際、李白に作らせたといわれる詩。現存は八首あり、たとえばその第四首は、「玉樹に春帰るの日、金宮《きんきゅう》は楽事《らくじ》多し」と始まる。

作品だと思います。六句という形をあえて使ったのもそれがあると思います。これは秋の歌ですけど、春の歌も夏の歌も冬の歌も、皆、六句です。「子夜歌」の持つ、昔の生き生きした精神を取り込みながら、新しい歌を作っている。そういう点で、これは李白の代表作といえるでしょう。

中西 確かにこの詩は、細かく見ていくとおもしろいですね。前半の景の部分ですが、まず、月というのはみんなが見ている。良人も見ているわけです。秋も、良人もその季節の中にいる。ところが、砧の音というのは、まったく違って、現在の女性の方にしか聞こえていない。そういうものが、「総べて是れ」というところで一つになっているのが、非常におもしろかったんです。全部が向こうの風景だったら、そこにしか風景はないんだけれども、向こうに二つあってこっちに一つあるわけですから、この詩の獲得する空間がものすごく大きくなってきますでしょう。ワーッと中国全土が広がってくる。

石川 なるほどね。……それはおもしろい見方だと思います。

中西 しかも読み進めますと、「何れの日にか胡虜を平らげて、良人 遠征を罷めん」って、今度は時間になるんです。

石川 そう、そう。

中西 ここまで全部、いっているのは空間です。先ほどの付け足しだという、叙情を歌にする部分になると、今度は時間。今までは遠い地の果てを思っていた。今度は遠い時間の果てを思う。この取り合わせは、さすがです。やっぱり大詩人ですね。

石川　空間から時間へ。それが無限に広がっている……。

中西　その空間の広がりを何でいっているかといったら、「一片の月」と「万戸」という「一・万」の組み合わせでしょう。

石川　「一片の月」なんていいますと、片割れ月と取る人がいますが、そうではないんですよ。満月なんです。

中西　「一」と表現したのは、片方が「万」だからですよね。

石川　「一片の月」は、「万戸」と相対応しているんです。空には一つの月が煌々《こうこう》と照って、それに照らされるたくさんの家があるわけで、くっきりと対照されているわけです。

中西　「一片」なんて、月を小さく表現するから、また広がりも大きくなってますよね。

石川　同時に「一片」には、過去の用例があるんです。六朝の庾信《ゆしん》*8という人が、まんべんなくそそぐ雨のことを「一片の雨」とうたっているんです。ですから、「一片の月」というと、光がまんべんなく降りそそぐというようなイメー

＊8　北周の詩人（五一三～五八一）。その詩「山に遊ぶ」に、「山根《さんこん》　一片の雨」という一句がある。

ジがあります。

中西　なるほど。例えば「ひたすら」とか、そういう感じの「一」なんですね。

石川　大きな都の広がりの中を満たしていく。そういうあまねさ。妙ないい方だけれど、ここで描いているのは「限定的なあまねさ」。しかし、一方ではこの月は戦地も照らしているのですから、裏の方では無限に広がっていることでもあるんです。

着物のモチーフ

中西　もう一つ興味を惹かれましたのは、「衣を擣つ」です。『万葉集』なんかでも、旅先の夫、あるいは夫を待つ妻が、着物をものすごく問題にするんです。「焱《あぶ》り干す　人もあれやも　家人《いへびと》の　春雨すらを　間使《まつかひ》にする」[*9]、妻がいないのに着物がぬれてしまったとか。この衣がほころびたのに、縫ってくれる妻がいないとか。着物というものを媒体として夫婦がつながるというモチーフが、かなり普遍的にあります。これは日本も中国も共通なのか、中国から教わった詩的パターンなのか。

石川　今、ちょっと思い出したのは、潘岳《はんがく》[*10]という人が、妻に死なれて「悼亡《とうぼう》

*9　『万葉集』巻九―一六九八。衣がぬれてしまっても乾かしてくれる人がいないのに、家の妻が春雨を使いによこして私をぬらす、の意。

*10　西晋の詩人（二四七～三〇〇）。「悼亡詩」は、『文選』巻二三、哀傷所収。

詩《し》」というのを作っています。一周忌になって、喪が明けて役所に出るときに、作ったものです。その詩の中に「流芳《りゅうほう》未だ歇《や》むに及ばず、遺挂《いけい》は猶《な》お壁に在り」という句があります。妻の着物が掛けてある、まだにおいが残っているというんです。一年たって、着物を媒体にして、妻をしのんでいるわけです。

中西　『万葉集』に出てくる中国の詩人は二人しかいません。そのうちの一人が潘岳なんです。その「悼亡詩」の影響を受けて、柿本人麿は亡妻の歌を作り、*11 それをまねて、大伴旅人《おおとものたびと》が亡妻の挽歌を作っているんです。*12 その元に潘岳がいる。やっぱりこれは関係がありますね。

石川　ありますね。潘岳は三世紀の終わりの人ですから。

中西　そのころが、日本の古代では一番、中国から影響を受けた時代ですね。

石川　さて、出征中の夫を思う妻の気持ちをうたった詩から始まって、亡き妻を夫がしのぶ詩へと話が進んできたわけですが、このあたりで、今度は離ればなれになってしまった夫婦の気持ちをうたった杜甫の作品を見てみることにしましょうか。

*11　「柿本朝臣人麿、妻死《みまか》りし後、泣血《いき》ち哀慟《かなし》みて作れる歌」（『万葉集』巻二—二〇七）など。

*12　「神亀五年戊辰、大宰帥《そち》大伴卿《まへつきみ》、故人《なきひと》を思恋《しの》へる歌三首」（『万葉集』巻三—四三八～四四〇）。

月夜

今夜鄜州月
閨中只独看
遥憐小児女
未解憶長安
香霧雲鬟湿
清輝玉臂寒
何時倚虚幌
双照涙痕乾

月夜《げつや》　　杜甫《とほ》

今夜《こんや》 鄜州《ふしゅう》の月《つき》
閨中《けいちゅう》 只《た》だ独《ひと》り看《み》るならん
遥《はる》かに憐《あわ》れむ小児女《しょうじじょ》の
未《いま》だ長安《ちょうあん》を憶《おも》うを解《かい》せざるを
香霧《こうむ》に雲鬟《うんかん》湿《うるお》い
清輝《せいき》に玉臂《ぎょくひ》寒《さむ》からん
何《いず》れの時《とき》か虚幌《きょこう》に倚《よ》り
双《とも》に照《て》らされて涙痕《るいこん》乾《かわ》かん

《通釈》今夜、鄜州に輝くこの月を、妻は寝室の中で、一人で眺めていることだろう。はるかにいとおしいのは、幼い子どもたちが、長安に捕らわれているこの父を思うことすら知らないことだ。流れ入る夜霧に、妻の美しい髪はしっとりとうるおい、清らかな月光に、玉のような腕は冷たく照らされていることだろう。ああ、いつになったら明かり窓に寄り添って、二人で一緒に月光に照らされて、涙の乾く日が来るのだろう。

杜甫　盛唐の詩人（七一二～七七〇）。努力型の詩人で、社会に対する怒りや、人生の憂愁を誠実にうたった作品が多い。日本人に最も愛されてきた詩人の一人。

別れ合っている二人

石川　これは杜甫が安禄山《あんろくざん》の乱[*1]のときに捕まって、家族は鄜州という長安の北の方にいた親戚に預けられているんですが、その家族、妻のことを思ってうたった詩です。妻が主役になっている珍しい詩です。

中西　これ、すごいですね。「香霧に雲鬟潤い、清輝に玉臂寒からん」。杜甫はこんなふうに女性を美しく描く傾向を持っていたのでしょうか。

石川　夜霧に豊かな髪がしっとりと潤い、玉のような腕は月光に照らされている、というのは、これはわざと美化しているわけです。ここでは、非常に切ない気持ちをどういうふうに表そうかという一つの表現法だと思います。女神のようにしてるでしょう。これは杜甫にしちゃ珍しい詩です。

中西　杜甫の奥さんっていうのは、どういう人なんですか。

石川　名家の娘ですね。というのは、杜甫も由緒正しい家の出ですから。

中西　それじゃ、「雲鬟」や「玉臂」は、これは本当ですか。

石川　いや、それはどうですか。これは杜甫が四十五歳のときに作った詩ですが、杜甫は比較的晩婚だったんです。三十九歳のときに長男が生まれている。ですから、まだ女房が若かったという可能性はあります。

中西　三十五歳ぐらいですかね。

*1　七五五年、安禄山（七〇五〜七五七）の起こした反乱。安禄山が殺された後もその配下の史思明《ししめい》によって受け継がれ、玄宗皇帝治下の太平の世をくつがえした。

石川　もうちょっと若かったかも分からないです。

中西　女性が一番美しい年頃ですよね（笑）。「雲鬟」は髪が多かったかどうかだけの話だけれども。「玉臂」だったのかもしれませんね。

石川　いろいろと想像はできます（笑）。

中西　杜甫が女性を美しく描くのは、珍しいんですか。

石川　そうですね。こういう描き方は珍しい。しかも自分の女房のことを美しく表現しているんですから。これはもう本当に例外的な作品だと思います。

中西　ゲーテの『ファウスト』[*2]に「恋しくなくなったら別れ合っていろ」という一行があります（笑）。

石川　ときどき別れなければいけませんな（笑）。

中西　その別れ合っている二人が、「何れの時か虚幌に倚り、双に照らされて涙痕乾かん」。

石川　いつの日か月を二人で眺めながら、涙の乾くこともあるだろう。そういう状況を今、夢想しているわけです。

中西　ともに照らされる、そのことによって孤独からいやされたので涙が乾く、と。

石川　そうですね。

＊2　『ファウスト』第一部「ワルプルギスの夜の夢」に、オーベロンの次のような科白がある（相良守峯訳）。「互に愛し合うためにゃ、別れてくらすにかぎるのじゃ。」

中西　そうすると、今は一人だけど、二人になると涙が乾く。「香霧に雲鬟湿い」の「湿」が「乾」に変わる。そういうふうに理解していいんですね。

石川　ただ、「香霧に雲鬟湿い」というのは髪の毛がうるおうんだから、涙とは直接関係ない。

中西　関係ないんですか。

石川　ええ。雲のような美しい髪の毛がしっとりと夜露にぬれて、という意味です。

中西　心情的にもうるおっている、涙にぬれているということはありませんか。

石川　確かに「乾」という字を効果あらしめるために、「湿」という字を持ってきた、という考え方はありますね。

ヒロインとしての妻

中西　杜甫というと何か社会派みたいなイメージがありますが、こういう人情詩みたいなものもあるんですね。

石川　このときの杜甫は、生きては家族に会えないかもしれないという、追い詰められた状況にいたと思うんです。だから本当に会いたいという気持ちがよく出ていると思います。
中西　そうすると、この詩も女性の美しさをうたったというよりは、月夜のもたらす孤独感とか、そっちの方なんでしょうね。
石川　明らかにそうです。妻と離れているということを強くいいたいんです。だから、妻の描写もきわめて鋭い。ひじなんか普通、見えない。ほおづえを突きながら窓の外を眺めていると、その袖口からひじのあたりがちらっと見える。そこを描いているんです。
中西　なるほど。この「臂」はひじでいいんですか。
石川　いいんです。
中西　そこへ月が差し込んでくるわけですね。そうすると、これはもう本当に細かい描写を短いことばでやってるんですね。
石川　そうです。
中西　大詩人なんですね。
石川　もう一つ注意すべきことは、頑是ない子どもが脇役を果たしていることです。「遥かに憐れむ小児女の、未だ長安を憶うを解せざるを」、まだおさじがどういう目に遭っているかということまでは分からないで、すやすや寝ている。そういう情景をなんとなく描くことで、また逆に子どもを思う気持ちが強く出る。そして、その子どもを傍らにおいて、主役の妻が月光に照らされている。これは女神のように美しいわけです。非常にエロチックでもある。

中西 そうすると「未だ長安を憶うを解せず」は、妻を主役にして、私のこの気持ちをまだあなたたちは分かってくれないのね、というふうに読むべきではないですか。

石川 そうなんだ。そこまでいわなければ（笑）。

中西 全部、主役は奥さんなんです。そうすると「遥かに憐れむ」も、奥さんが主役というわけにいきませんか。

石川 距離的に離れていて、同時に今、自分は囚われていますから、やっぱり杜甫が憐れんでいるんじゃないかな。

中西 奥さんがすべてというのは駄目ですか。……そうすると、この「憐れむ」という気持ちはものすごく複雑な気持ちですね。

石川 そうですね。

中西 かわいそうというよりは、いとおしいとか、いじらしいとか。

石川 そう、そう。そちらの感じ。いとおしいんです。

中西 何も知らないで無邪気に戯れている、そのいじらしさが一層、自分の愛をかき立てるというんですね。「遥かに憐れむ」のは杜甫だとしても、長安にいる夫を思う母親の気持ちを子どもが解さないということを、遠く離れたこちらから思って、いとおしんでいるという解釈も可能ですね。

石川　可能です。

中西　妻は、この気持ちをまだあなたたちは分かってくれないのねと思いながら、ほおづえを突いている。髪もぬれているが心までうるおっている。このつややかさ！　これは、ずいぶんつやめいてきましたよ（笑）。

家族との再会

中西　この詩を見まして思い出したのは、正倉院の古文書[*3]の中に、その裏側を使いまして、写経生が勝手に書いた手紙があるんです。「若子《わくご》弐所《ふたところ》ニ恋フルノ状」という題が付いているんですが、その差出人はだれかといいますと、故郷に残してきた、二人の子どもを持つ写経生の奥さんになっています。子どもたちが父親を恋しく思っていますという手紙を、自分で想像して書いているんです。女の子は夕方になったら、お父さんが恋しいといって泣いております。もう一人の男の子は、「ちまちまと泣き恋ひはべるのみ」。お父さん、お父さんといっている。そういうのがあるんです。その手紙が、この詩と同

*3　奈良東大寺の正倉院に伝えられた、八世紀の写経所の古文書。「正倉院文書《もんじょ》」と呼ばれる。

じだなと思ったんです。離れている家族が自分のことを思っていることを、こちらから想像してるんです。

ところがその次に、「紙ヲ別《わか》タズ。謹啓」とありまして、同じ紙に書くよと書いてあるわけです。そして「真瀬女《ませめ》申す状」という一行だけがあるんです。「真瀬女」というのは奥さんの名前です。奥さんの手紙という題だけ書いて、あとは書いてないんです。そういうのがあるんです。これは素材としておもしろいでしょう。

石川　おもしろいな。

中西　つまり自分は奥さんを恋しいと思っているけども、果たして奥さんが自分のことを恋しいと思っているかどうかは、分からない（笑）。だんなは元気で留守がいい（笑）。だから、杜甫の場合も一方的な思い込みで、「香霧に雲鬟湿い、清輝に玉臂寒からん」なんて思い入れてうたいあげてますけど、奥さんの方は意外とあっさりしていたかもしれませんよ（笑）。

石川　たしかにそうですな（笑）。ただ、この後、家族と再会した時の詩もあるんです。賊軍の支配する長安に幽閉されていた杜甫は決死の脱走をして成功し、暇をもらって家族に会いに鄜州へ帰ることになります。「羌村《きょうそん》」*4という、そのときに作られた三首連作の詩があるんです。これはもう劇的なんで

*4　七言古詩。「其の一」は妻、「其の二」は子ども、「其の三」は父老がそれぞれ主人公となって、再会の喜びがうたわれる。

す。「妻孥《さいど》 我の在るを怪しみ、驚き定まりて還《ま》た涙を拭う」、妻子は自分を見て嘘じゃないかと思ってはっと驚いて、嘘じゃないと分かって泣きだしたとか。そういう非常に劇的なシーンが描かれています。

中西 やっぱりそういうものが中国なんでしょうね。われわれは終戦後ののどさくさとか、ごく限られた体験はありますけど、日本はおおむね平和ですものね。中国は違うんだ。

石川 そうですね。

中西 さっきの「子夜呉歌」もそうでしたが、杜甫にもこういうヒューマンな詩があるんだと知って、びっくりしました。

石川 杜甫はこういう感情を詩にうたったという点で、確かに時代を先取りしています。こういう詩はほかの詩人にはないですね。

夜雨寄北
君問帰期未有期
巴山夜雨漲秋池
何当共剪西窓燭
却話巴山夜雨時

夜雨《やう》 北《きた》に寄《よ》す　李商隠《りしょういん》
君《きみ》 帰期《きき》を問《と》う 未《いま》だ期《き》有《あ》らず
巴山《はざん》の夜雨《やう》 秋池《しゅうち》に漲《みなぎ》る
何《いず》れか当《まさ》に共《とも》に西窓《せいそう》の燭《しょく》を剪《き》って
却《かえ》って巴山《はざん》夜雨《やう》の時《とき》を話《はな》すなるべし

《通釈》あなたはいつ帰るのか尋ねるが、まだその時は来ない。ここ巴山では今、夜雨が降って、秋の池に水が漲っている。一緒に西の窓辺で蠟燭《ろうそく》の芯を剪りながら、この雨のことを語り合うのは、いったいいつのことだろう。

「西窓」をめぐって

石川　さて、杜甫の死後四十年ほどして生まれた李商隠という詩人が、「月夜」の最後のところのうたい方をまねして作った詩があるんです。それが、この「夜雨 北に寄す」です。

中西　李商隠は非常につややかな人だと、聞いたことがあります。

石川　ええ。この人はいろいろとならぬ恋もして、ひそやかな恋の詩もあるんです。で、この詩はというと、北の方の都に残している妻のことを思って

李商隠　晩唐の詩人（八一三～八五八）。その詩は華麗にして難解で、晩唐の象徴詩人の代表とされる。

寄せたんだというのが定説になっているんですけど、私は前から妻じゃないんだろうと思っているんです。なぜかというと、「西窓の燭を剪って」という表現があるからです。中国の家屋の構造では西の棟に女性がいます。だからこの詩は、女性の部屋に入り込むという感じになるんです。一緒にあなたの部屋へ入って、火が消えかかった蠟燭の芯を伸ばして……。これは妻のような公式な女性ではなく、忍びやかでなくちゃおもしろくない。そう考える方が味わいも濃くなってくると思うんです。第一、妻であるということは一言もいってない。北にいる恋人か何かであろうと考える方が、おもしろいじゃないですか。

中西 西の部屋というだけで、女性が連想されるんですね。

石川 後に『西廂記《せいしょうき》』*1という芝居が出来るでしょう。あれもそうです。西っていうのは、女性の部屋なんです。東には召し使いの部屋とか厨房とかがあって、南側には主人の書斎や客間がある。北側の奥には隠居部屋があって、先祖の位牌を祀っていたりする。だから西の廂に行くんです。これが「南窓」や「東窓」だったら、全然、おもしろくも何ともない。

中西 でも、妻もやっぱり西側に住んでいるんですよね。

石川 それはそうです。だけど、わざわざそこへ入り込んでいることをうた

*1 一三世紀後半、王実甫《おうじつほ》の手になるといわれる元曲（元代の戯曲）の名作。書生張珙《ちょうきょう》と娘鶯鶯《おうおう》の恋愛物語。「せいそうき」ともいう。

うのは、そこに何か忍びやかなものがあると思うんです。

中西　なるほど。……以前、「北窓」ということについてちょっと調べたことがあるんです。「北窓」というのは、だいたい書斎の窓とか、何やら物思いをするようなところなんですね。「北窓」は中国の詩にもたくさんあると思いますが。

石川　詩じゃないんですけど、陶淵明の伝記に「夏月《かげつ》の虚閑《きょかん》なるとき、北窓の下《もと》に高臥《こうが》す」*2と出てきますね。夏の暑いころ、のんびりと昼寝をしているんですね。

中西　その陶淵明を引いて、芭蕉*3が「窓形《まどなり》に昼寐《ひるね》の台や簟《たかむしろ》」という句を作っています。それを、また今度は現代の俳人、大峯あきらさん*4が引いて、「北窓を開けば見ゆる杣《そま》の墓」とうたっています。だから「北窓」というのも一つのイメージを持ったことばなんですね。

石川　窓にもいろんな窓があるんです。

ともしびのイメージ

中西　今のは「西窓」が、愛とか、そういう情感を表す一つの記号みたいな働きをしているというお話ですね。その西窓の部屋の「燭」、ともしびという

*2　『宋書』陶潜伝。この句は『蒙求《もうぎゅう》』（一九一ページ注13参照）にも引かれて、日本でも有名であった。

*3　松尾芭蕉（一六四四～一六九四）。江戸時代前期の俳人。「窓形に……」の句は、『続猿蓑』（元禄一一［一六九八］年刊）所収。この句には「晋《しん》の淵明をうらやむ」という前書きがある。

*4　一九二九年生まれ。俳人。「北窓を……」の句は、句集『吉野』所収。

ときも、それは情感として愛を持っている言葉になりますか。

石川 なりますね。たとえば、李商隠よりちょっと先輩になる杜牧《とぼく》*5という詩人に、かわいがっていた若い妓女と別れるときに作った「贈別《ぞうべつ》二首」という詩があります。その第二首に、「蠟燭心有りて還《ま》た別れを惜しみ、人に替わりて涙を垂れて天明に至る」という句があるんです。蠟燭の火が自分に代わって涙を垂れている、とうたっているんですね。これなんかも「燭」を媒介にして、情愛が表現されている例ですね。

中西 「燭」に思い入れをするなんて、文化的にすごく高度ですね。

石川 唐詩では、だいたいそういう物思いに沈むようなときに、ともしびが出てきます。決して勉強をするためにつけるんじゃないんです（笑）。

中西 白楽天の詩で、「耿耿《こうこう》たる残灯《ざんとう》 壁に背く影」*6というのがありますでしょう。

石川 あの句の解釈にはいろいろな説がありますが、自分の前に燭があって、後ろに壁がある。そうすると、燭が自分を照らして、その影が後ろの壁に映る。そういう情景を詠んだ句です。

中西 だとすると、あの句には、今の話のような、「燭」の持っている愛のイメージはないんですか。

*5 九一ページの作者紹介を参照。「贈別二首」は、七言絶句。「蠟燭心有りて……」は、その第二首の後半部で、前半は、「多情は却って似たり総《す》べて無情なるに、唯だ覚ゆ 尊前《そんぜん》笑いの成らざるを」。

*6 七言古詩「上陽の白髪人」中の一句。この詩は、宮中に閉じこめられた宮女が、結婚できない悲しみをうたっている。

石川　あの場合は、物思いに沈む孤独なイメージですよね。そばにいるべき人がいないことをうたった詩ですから。

蜀に降る夜の雨

中西　この李商隠の詩では、その燭を剪るんですから、やはり夜ですよね。女性のいる夜の部屋を想像している。

石川　そうです。外は秋の雨がしとしと降っている。この雨も一つの効果があると思うな。しっとりとした雰囲気を作っているわけでしょう。二人、今は別れ別れになっているけど、いずれ一緒になってこういうことをしようという……。

中西　この詩は、巴山で作られたんですね。巴山がある蜀というのは、非常に湿潤な地方じゃありませんか。巴山特有の夜雨というのが、やっぱりあるんでしょうか。

石川　そうですね。雨がちな地域なんです。

中西　私も蜀の成都へ行ったことがありますが、そのときにも朝は必ず霧でしたね。だから発散させなきゃいけないので、料理が辛いんだと（笑）。

石川　麻婆豆腐（笑）。

中西　そういう話を聞いたことがありますけども、それからいくと、やっぱりこれは、蜀という地域性を必ず付け加えて理解しないといけない詩なんじゃないでしょうか。

石川　そうですね。蜀は、周りを山に囲まれた、閉塞状況みたいなところです。

中西　そういう状況の中で、最後に「却って巴山夜雨の時を話すなるべし」という句が出てきます。この「却って」という表現には、強さがありませんか。今はこうやって悲しい雨だけれども、いつか一緒のときには、この悲しさがかえって一つの楽しい語らいになるだろう。そういう強調になりますか。

石川　そうなんです。今は悲しい。その悲しかったことを逆に楽しく語らう。

中西　この「却って」という表現の強さは、これはやっぱり漢語の力かな。

石川　だいたいは軽い副詞として使うのが多いんですけど、この詩の場合は、非常に重みがありますね。

北という方角

中西　もう一つ、タイトルの「北に寄す」というのは、これは地形的に北だというだけでしょうか。その北という方向と、さっきの「西窓」、これの対比の効果、それはありませんか。

石川 それはどうでしょうか。ないんじゃないかな。

中西 今は南にいて、北にいる人を思っている、ただ単なるそれだけのことですか。

石川 長安はちょうど真北になりますから。

中西 こういうふうに方角だけをいって、「北に寄す」というふうなこともいうわけですか。

石川 真北でなくても、都のことを北ということはあります。

中西 都のイメージですか。それはやっぱり蜀なんていうのは辺地で、南の方の僻地だという意識からですか。

石川 そうですね。だいたい都は北にあるという考え方なんです。

中西 なるほど。

石川 都の中でも宮殿は北にあるんです。一番北に天子がいるんです。北というのはそういうニュアンスがあるんです。魏《ぎ》の阮籍《げんせき》*7の「詠懐」詩に、「翔《しょう》鳥《ちょう》北林に鳴く」という句があります。「北の林」は、天子のいる権力の座、を寓意しています。

中西 そういえば、「北」という言葉が「神聖な」という意味を持っているん

*7　三国時代、魏の詩人（二一〇～二六三）。竹林の七賢の代表格。「翔鳥北林に鳴く」は、「詠懐 其の一」中の一句。

だという話を前に読んだことがあります。北アジアの方のことばでは、それがカラとかクロとかという発音の言葉になるらしいんです。モンゴルの「カラコルム」とか、日本で、中国とか朝鮮を「から」というでしょう。そういうのは、神聖なという意味があるんだというんです。じゃ、どうしてそうなるのかというと、やっぱり北というものが多く往生の地であるとか、都はいつも北にあるとか、そういうことなんでしょうかね。

石川　逆に、南へ来てるぞということには、疎外感とか、流されているとか、そういう意識があることになりますね。

中西　特に唐の時代なんかは、その意識は強いのでしょうか。

石川　そうですね。

送別
水柔逐器知難定
雲出無心肯再帰
惆悵春風楚江暮
鴛鴦一隻失群飛

送別《そうべつ》　　魚玄機《ぎょげんき》
水《みず》は柔《やわ》らかにして器《き》を逐《お》い　定《さだ》め難《がた》きを知《し》る
雲《くも》は出《い》でて無心《むしん》にして　肯《なん》ぞ再《ふたた》び帰《かえ》らんや
惆悵《ちゅうちょう》す　春風《しゅんぷう》　楚江《そこう》の暮《く》れ
鴛鴦《えんおう》一隻《いっせき》　群《ぐん》を失《うしな》って飛《と》ぶ

《通釈》器によって形が変わる柔らかな水を見ていると、定めがたいということがわかる。湧き出る雲のように無心なあなたは、もう帰ってくることはないだろう。ああ嘆かわしい、春風の吹くこの楚の川の夕暮れは。ふと見ると、おしどりが一羽だけ、群れからはずれて飛んでいるではありませんか。

魚玄機　晩唐の詩人（八四三？〜八六八？）。当時の高名な詩人たちとの交流も伝えられる才女であった。

魚玄機の劇的な生涯

石川　さて、そろそろ次の詩にいきましょう。こんどは唐の時代には珍しい女流詩人の作品を読んでみましょう。この魚玄機という詩人は、晩唐の人ですが、もともとは芸者さんです。唐の時代は、女流詩人はだいたい芸者が多い。高級官僚の相手をしますから、五分に渡り合うために高い教養が必要なわけです。江戸時代のおいらんみたいに教養が高い。

中西　だいたい娼婦ってそういうパターンじゃありません？　日本の江戸時代でも、「太夫《たゆう》」なんていったらもう高級で、庶民の男が「はは」って平伏していても、「なんじゃえ」ぐらいでおしまいだとか（笑）。それから、イギリスの高級娼婦もそうでしょう。高級官僚ばっかりお相手にして。

石川　だから字も上手だし、詩も上手。そういうのがまた、もてるわけです。

中西　ところで、この魚玄機という人、本名なんですか。大陸ですから、サカナなんてあんまり……（笑）。もしかすると、辺境にいた、漢民族ではない民族ですか。

石川　いや、「魚」は漢民族の名前なんです。少ないんですが、ときどきいます。それより、「玄機」の方が、これが女性の名前にしては抹香臭いというか、「玄」は、道教の方と関係する字なんですね。この人は道教の尼寺に一時いましたから、あるいはそれと関係があるのかもしれません。

中西　この人は、どういう生涯を送ったんですか。

石川　二十六という若さで処刑されるという、非常に劇的な人生です。それもこの詩人の名前を高からしめている要素になっているんじゃないかな。薄幸の詩人です。

中西　処刑された直接の原因は何なんですか。

石川　恋です。

中西　不倫の恋とか。

石川　伝えるところによりますと、この人は最初、李億《りおく》という高級官僚と恋をして、かわいがられたんだけども、次第に飽きられてしまう。彼が赴任するのに一緒にくっついて行って、武漢《ぶかん》まで来たとき、ここで待ってろよ、といわれたんだけど、彼は帰って来ない。その当時の高級芸者というのは、高級官僚に引かされて妾になるのが、人からもうらやまれる一番の道なんです。ところが捨てられたのがみっともなくて、帰れなくなった。結局、みっともないから尼さんになった。本当の尼さんになったんじゃないから、また恋をしたわけ(笑)。その相手の若い男を、自分の小間使いが寝取ったと思い、小間使いを折檻して殺してしまうんです。死体を土に埋めようと思ったけど、女の細腕だから埋め切れない。ちょっと泥を掛けただけだったから、すぐウジがたかって、それでばれてしまった。そのために処刑されたんです。

中西　中国はすごいですね(笑)。日本の御伽草子《おとぎぞうし》*1には、こんな話があるんです。田舎から都に上ってきたある男が、ある女と恋に落ちた。彼が故郷に帰るとき、おれは必ず迎えに来るから待ってろといったんです。でも、待てど暮らせど迎えが来ない。そこで女は手紙を出した。そうしたら、ちょうど国

＊1　室町時代から江戸時代初期にかけて作られた、短編の物語の総称。

元では、男は狩りに出ていたんで、その手紙を奥さんが見ちゃった。すると手紙のあまりもの立派さに、奥さんはかえって感動して、その女を呼びたくなった。そこで、帰ってきた旦那に、「実は今までいわなかったけども、私には都に妹がいるんです。その妹を呼びたいんですけど、どうでしょう」というんです。旦那は「おまえ、そんなことは初めて聞いた。どうしていわなかった。呼べ」といった。ところがやって来たのを見たら、自分の女なわけです。びっくりしたといったらありゃしない。だけども、それが立派な女なんです。奥さんは二度感心しちゃうわけ。そして、「こんな素晴らしい女をむげに扱ったあなたなんか私は信用しない。私はあなたと離縁します」といって、尼さんになっちゃう。すると女の方も、「奥さんが尼さんになるなら、私も尼さんになります」といって、それも尼さんになっちゃった。そこで男は慌てて、「おれも坊主になる」といったという（笑）。

石川　落ちがあるわけだ。

中西　今の話は「さいき」っていう草子ですけど、似た話はいっぱいありますよね。日本ならそんな感じですが、中国は激しいですね。

石川　魚玄機だって、殺そうと思って殺したんじゃないんでしょうけどね。ついかっとなって……。

中西　激情の人ですね。

石川　だから芝居にも取り上げられたり、小説に書かれたり。

中西　私は鷗外*2の「魚玄機」を恥ずかしながら読んでいないんですけども……。

石川　鷗外の「魚玄機」は、『唐才子伝《とうさいしでん》』*3などいくつかの史料をつきまぜて書いたものです。

中西　元になった物語があるわけですね。

石川　あるんです。それらを元に多少、脚色しているところもありますけど。

伝説の主人公と物語作者

中西　この詩を読むと、「定め難きを知る」とか、「肯ぞ再び帰らんや」とか、また「惆悵す」というのは嘆き悲しんでいるんでしょうか、そういった表現が目につきます。道観に入ったということと、この詩全体を諦観のようなものが覆っていることと、関係がありますか。

石川　ただ、本当の諦観じゃないです。

中西　たしかにそうです。「群を失って飛ぶ」のあたりは、類型的な気がします。

石川　類型的ですね。本心じゃないです。

*2　森鷗外（一八六二〜一九二二）。明治時代の文豪。「魚玄機」は、一九一五（大正四）に発表された小説。

*3　元《げん》の辛文房《しんぶんぼう》の撰。唐代の詩人三九八人の逸話を集めた書物。

中西　そうすると、物語作者が作っていませんか。魚玄機自身じゃなくて。

石川　この人は、身分がそういう身分ですから、ちゃんとした詩集が残っているわけじゃないんです。あるいは、その可能性もなくはないな。

中西　彼女は伝説の主人公ですね。日本ですと、そういうのはほとんどは本人の作じゃないだろうと思われます。たとえば額田王《ぬかたのおおきみ》＊4といえども、あれも本人のじゃないだろうと私は思っているんです。「額田王物語」っていうオペラは、古代の最高傑作のオペラです。彼女はその主人公です。だから彼女の歌も、実はせりふなんです。それは実際、本人が作ったということとは違いますでしょう。

　それから、部下と恋をしてはいけないというきまりを破って、佐野茅上娘子《さののちがみのおとめ》＊5という才女と恋愛をして福井県に流された中臣宅守《なかとみのやかもり》＊6なんて人がいますけど、残された歌は、茅上娘子の方が断然いいんです。男の方は駄目歌です。普通は、これは歌人としてのレベルの違いだというんですけど、どうももともと女性の歌だけがあって、あとで第三者が贈答するような歌を作ったんじゃないかと思うんです。あんな歌しか作れないような上司に恋する女だったら、男を見る目がないんじゃないか（笑）。

石川　魚玄機の場合も、うわさ、伝説ばっかり残っていて、実体のわからな

＊4　『万葉集』初期の代表的歌人（生没年未詳）。天智・天武両天皇との間に三角関係があったという伝説がある。

＊5　奈良時代の歌人（生没年未詳）。越前の国に流された中臣宅守との相聞歌が『万葉集』に残る。佐野弟上《おとがみ》娘子ともいう。

＊6　奈良時代の歌人（生没年未詳）。

い人ですから、脚色された可能性はなきにしもあらずですね。

中西　実は、この詩を見てもそう思うんです。「水は柔らかにして器を逐い」というのは、『韓非子《かんぴし》』*7に基づく表現だそうですが、水は器に従って形を変える、それで「定め難きを知る」って当たり前じゃないですか。

石川　それはそうだ（笑）。

中西　それから「雲は出でて無心にして」って、これは陶淵明ですよね。*8雲が無心に流れて行くから、「肯ぞ再び帰らんや」。これも当たり前（笑）。「惆悵す春風　楚江の暮れ」だってありきたりな情景です。どこにもオリジナリティーがない。有名なものをちょっとパロディーのようにした。このやり方自体も非常に打算的ですよ。

石川　そうです。

中西　絶対にこれはもう物語作者が作ったんですよ。

詩人としての魚玄機

石川　ご指摘のように、この作品は確かに類型的ですよね。古典を踏まえてはいるけれど、ありきたりなんです。

中西　そうすると、この人を有名たらしめている理由は、結局、数奇な恋愛

*7　紀元前三世紀、戦国時代の韓非の著。諸子百家のうち、法家の代表的著作。その「外儲説《がいちょぜい》左上」に、「人君たる者は猶《な》お盂《う》（飲食物を盛る器）のごときなり。民は猶お水のごときなり。盂方ならば水方に、盂円ならば水円なり」とある。

*8　「帰去来の辞」に、「雲は無心にして以て岫《しゅう》（ほら穴）を出で、鳥は飛ぶに倦《う》みて還るを知る」とある。

ということなんでしょうか。

石川　この当時、女性の詩人が自分の恋をうたうということはほとんどなかったですから、そういう点で注目すべきではないでしょうか。それに、彼女のために弁明すると、この詩は違うんですが、彼女は、七言排律《しちごんはいりつ》という珍しい詩形をよく使った詩人なんです。

中西　それはどういう……。

石川　排律というのは、律詩の長いものです。律詩は八句で、真ん中の四句が二句ずつ対句ですね。排律の場合は、その対句を増やして、全体を十句、十二句にするんです。ふつうの律詩の場合だと、対句は二つ。排律だと、十句だったら対句は三つ、十二句だったら四つ作らなければいけない。これは、技術的に大変に難しい。それで、排律は五言が普通なんです。文字数の多い七言の排律というのはより難度が高いから、ほとんどない。ところが、この女性はそれを割にたくさん作っているんです。それがおもしろい。技巧的なわけです。この女性は非常に才気煥発で、技巧に長けているという自負もあったんでしょうね。

中西　でもやっぱり、「鴛鴦一隻　群を失って飛ぶ」なんて句でおしまいなんていうのは、大変もの足りない感じがします。「鴛鴦」が一羽だけ、で十分なのに、群から離れて独り飛ぶなんて。

石川　いわずもがなというやつですな（笑）。

中西　唐の女流詩人というのは、こんな感じなんですか。芸者をやっているような女性が、あんまりオリジナルでユニークな詩を作ると、かえっておかしいでしょうか。

石川　唐の女流詩人としては、もう一人、薛濤《せっとう》＊9という人が有名なんです。彼女も芸者上がりなんですが、非常に情緒纏綿《てんめん》な詩、折り目正しい詩を作りました。彼女は、当時の重鎮と五分に渡り合っているんです。だから、薛濤が評価されるのは、芸者だからというので評価されているんじゃないんです。女性らしい、女性でなければ分からないような、女性独特の感性が詩の中に現れているんですね。

中西　そうなんですか。……まあ、この詩の場合も、そういうオリジナリティーなんていうことは詮索しないで、ある数奇な運命をたどった女性が詩に託して、こういう心境を述べた。そのこと自体を評価する。それがやっぱり一番豊かな享受の仕方ですよね。

石川　まあ、そうですね。情熱的ないい詩もあるんですけどね。

中西　私は魚玄機さんを知らないんで厳しいですけど、会ってればもうちょっ

＊9　中唐の詩人（七六八～八三一）。名高い芸妓であり、白楽天や元稹《げんじん》と唱和した詩が伝えられている。

と違うかもしれませんし（笑）。

石川　会えば、きっとクラクラっときますよ（笑）。

第三章　旅の詩

旅夜書懐

細草微風岸
危檣独夜舟
星垂平野闊
月湧大江流
名豈文章著
官応老病休
飄飄何所似
天地一沙鷗

旅夜書懐《りょやしょかい》　　杜甫《とほ》

細草《さいそう》 微風《びふう》の岸《きし》
危檣《きしょう》 独夜《どくや》の舟《ふね》
星《ほし》垂《た》れて平野《へいや》闊《ひろ》く
月《つき》湧《わ》いて大江《たいこう》流《なが》る
名《な》は豈《あ》に文章《ぶんしょう》もて著《あらわ》れんや
官《かん》は応《まさ》に老病《ろうびょう》にて休《や》むべし
飄飄《ひょうひょう》 何《なん》の似《に》たる所《ところ》ぞ
天地《てんち》の一沙鷗《いちさおう》

《通釈》細い草がかすかな風にそよぐこの岸辺、帆柱が高くそびえる舟で、私はひとり、眠れぬ夜を過ごしている。星は広々とした平野に垂れるように輝き、月影は水面に湧いて、きらめきながら長江は流れる。名声は文学などによって表れるものではないし、官吏としての勤めも、老いた病の身では望めない。漂泊のこの身はいったい何に似ているのだろう、天地を飛び回る一羽の砂浜のかもめのようなものだ。

杜甫　五二ページの作者紹介を参照。

「旅夜書懐」の観念性

石川　さて今回は、数あるテーマの中でも名作が多い、旅の漢詩を読んでいきたいと思います。まずは、杜甫の「旅夜書懐」。この詩が作られたのは、杜甫が五十四歳のとき、蜀《しょく》の成都《せいと》の浣花草堂《かんかそうどう》をたたんで*1いよいよ妻子を連れて都へ帰りたいということで旅を始めた、その途中です。今の重慶《じゅうけい》あたりから船に乗って下ってきて、忠州《ちゅうしゅう》というところで作ったといわれています。杜甫は五十九で死んでいますから、晩年の詩ですね。これはたいへん有名な詩です。

中西　この詩はちょっとことばが目立って、実景があまり鮮烈にイメージとして表れてこない、そういう感じがありませんか。特に「名は豈に文章もて著れんや、官は応に老病にて休むべし」というあたり。名声は文学なんかで表われるものじゃない、だけど官職も病気で辞めなくてはいけない。これは実景じゃなくて、抽象的な考えですよね。「飄飄　何の似たる所ぞ」もそうです。この詩は、そういう観念性が強いように感じます。

石川　そうですね。景色の描き方も、観念的なところが多い。例えば最初の「細草　微風の岸」。細かい草が岸辺で揺れているという描写ですが、「細」という字を効かせようとしている。この字は「微」という字と関連して、細微

*1　杜甫は七五九年（四十八歳）の年末から七六五年（五十四歳）の夏まで、戦乱を避けるため、現在の四川省成都市内の浣花渓《かんかけい》という川のほとりの草庵に滞在していた。

なもののイメージを生む。次は「危檣 独夜の舟」。「危檣」は高い帆柱という意味ですが、その「危」と「独」。景色を描きながら、これらの字を出すことによって一つの心理を描こうという狙いがあるんです。ですから、景色は二の次といっていいです。

中西 今、おっしゃったように、ことば遣いは練られていると思うんです。だけど、何かことばでねじ伏せようとしているような感じがしませんか。

石川 なるほどね。杜甫の作品には、はっきりと情景を描いたものもあるんだけども、この作品の景色の描き方は、ことばの使い方の方に重点がありますね。

中西 そういう意味で、杜甫はやはりエリートで、自負も強くて、生活では囚われたり、家族と離れたり、さまざまな経験をしましたけど、それを肉体を持って生きていったというのじゃなくて、志で生きたとか精神で生きたとかというふうな感じがします。まさに中国人の「詩《し》は志《し》なり」*2といったようなところでは、非常に優れた詩は書いているんですけども、やっぱりポエジーということからいいますと、やや弱いところがあると思います。

*2 詩とは自分の考えを述べるものだ、という考え方を端的に表したことば。『尚書《しょうしょ》』の「舜典《しゅんてん》」に「詩は志を言う」とあり、また「毛詩《もうし》大序」には「詩は志の之《ゆ》く所なり」とある。

杜甫晩年の境地

中西　ただ、この詩を読んで「星垂れて平野闊く、月湧いて大江流る」という、この一聯はすごいなと思いました。星が垂れるというのは、「星が降るような」っていうでしょう。だから平野全体に星が降るようにキラキラしている夜空をいっているのかなと思ったんです。それから、大江から月が湧く、こんないい方をした詩人はほかに何人いるんでしょうか。すごい表現だと思いました。垂れるということと、湧くということ。この上下運動の関係があって、満天の星とか平野の広がりとか、月さえも湧かせるような大きな流れ。もう具体的な解説は無駄ですよね。地球規模で川というものをとらえている。これはすごいなという気がしたんです。

石川　これよりちょっと後に作った「登高《とうこう》」*3という詩に、「無辺《むへん》の落木　蕭蕭《しょうしょう》として下《くだ》り、不尽《ふじん》の長江　滾滾《こんこん》として来たる」というのがあるんです。これもやっぱり地球規模かな。さらに後に作られた「岳陽楼《がくようろう》に登る」*4では、「呉楚《ごそ》　東南に坼《さ》け、乾坤《けんこん》　日夜浮かぶ」。「呉楚」は、江南あたりを指す古名、「乾坤」というのは天地、あらゆるものという意味で、ものすごいスケールの大きさです。

中西　その規模の大きさは、杜甫の持ち味ですか。

*3　七言律詩。長江のほとり、夔州《きしゅう》で作られた、杜甫の代表作の一つ。

*4　五言律詩。長江をさらに下って、洞庭湖のほとりで作られた、杜甫最晩年の傑作。

石川　持ち味だと思います。杜甫の五十四歳の作品と五十六歳の作品と五十七歳の作品とを、今、私は挙げたんだけれども、これらには関連があることに、今、気が付きました。

中西　その年齢ぐらいのときに、彼は地球規模の視野を持っていたということですね。

石川　そうです。詩人としての杜甫の完成、その皮切りが「旅夜書懐」にあるといえるでしょう。ただ、この「星垂れて平野闊く、月湧いて大江流る」という対句に関して申しますと、これは実景ではないんです。私はこの作品の作られた忠州へ行ったことがあるんですが、平野なんて、ないんです。

中西　するとこれも頭の中の広がりですね。

石川　そうですね。詩の世界です。しかも、この対句は、李白の作品から出ているんです。李白が若いときに、長江を下って平野へ出た、そのときにうたった詩というのが、「山は平野に随《したが》って尽き、江《こう》は大荒《たいこう》に入りて流る」。[*5] 山が高かったのが、平野になるにしたがってなくなってくる。そして大きな荒野がバーッと広がっている。李白の若いときの作品です。杜甫は、それが頭にほっと浮かんで、この対句を作ったと思うんです。

中西　それは、知識ですね。そういう観念的なものを、自然の具体的なイメー

＊5　五言律詩「荆門《けいもん》を渡って送別す」の中の一句。

ジと非常に上手に重ねる習慣が、中国の詩人にはあるんでしょうか。

石川　それはテクニックとして重要なんです。生でやるんじゃなくて、うまく溶け込ませるようなテクニックですよね。

中西　そのあたりで詩を作っていくのが杜甫だとおっしゃるんですよね。だから白楽天は平凡だとか幼いとかいって、お嫌いなんでしょうね（笑）。

石川　いや、いや。白楽天、私も好きですよ。でも、杜甫に比べると練り方が足りないなという気がします。

推敲の宿命

中西　確かに、杜甫はやっぱり練った詩人ですね。

石川　練った詩人です。練りに練ってます。練りに練っているけど、練ったあとを出したんじゃ、これはへぼな詩なんで。練ったあとが見えないようになっているんです。一番傑作といわれているのが、「秋興《しゅうきょう》」*6という詩です。それから「登高」。さっきも挙げましたが、「風急に天高くして猿嘯《えんしょう》哀《かな》し、渚清く沙《すな》白くして鳥飛んで廻《めぐ》る。無辺の落木蕭蕭として下ち、不尽の長江滾滾として来たる。……」というのが「登高」です。

中西　やっぱりいい詩はいいですね（笑）。

＊6　七言律詩八首から成る連作。「登高」と同じく夔州での作品。その第一首は、「玉露凋《ぎょくろちょう》傷《しょう》す楓《ふう》樹《じゅ》の林、巫山《ふざん》巫峡《ふきょう》気蕭《きしょう》森《しん》」とうたい起こされる。

石川　いいですよ。
中西　ただ、その練るということが、それだけ自然さを失っていくということになりませんか。
石川　へぼなうちはね。だから、「旅夜書懐」はまだ完成していないかもしれない。見えているから。
中西　スティーブンソン[*7]の「宝島」、あれは七回書き直したんですって。そしたら七回目は、最初と同じになった。彼は必ず書いたらおばあさんに読んで聞かせたんですって。ですから、平明さというものが持ち味で、だんだん練っている間に、だんだん自然さが離れていってしまう。それで結局、最後は最初と同じだったというんです。それが推敲というものが持っている宿命なような気がします。
　この「旅夜書懐」も、最初の第一句、第二句は、まだこれからもうちょっと練れば、「登高」のような詩になるんでしょうけども……。「危檣」とか「独夜」とか、あえていわなければいけないというようなところですよね。それが、やっぱり完成途中というところなんでしょうね。
石川　そういう意味では、この詩はまだ完成に至る前の作品だと思いますね。ところが、「登高」になると、律詩の四つの聯を全て対句にするという、全対《ぜんつい》

＊7　イギリスの小説家（一八五〇～一八九四）。「宝島」の他、「ジキル博士とハイド氏」などで知られる。

格《かく》という大変な技巧を用いているけど、一見したときに全対格に見えない。
中西　見えない。それがいいな。
石川　それが最高の成就だということです。
中西　能ある鷹はつめを隠す、ということですね。別に杜甫に恨みがあるわけではないんですけどね（笑）。

「沙鷗」のイメージ

石川　私がこの詩について一つ発見したのは、「すなかもめ」。
中西　「沙鷗」ですね。
石川　この「沙鷗」というのが、杜甫以前に用例がないと思います。なぜ「かもめ」に「すな」という形容詞を付けたか。かもめは高く飛翔するけども、このすなかもめは大地に近い低いところをぐるぐる舞っている、そういうイメージがあるわけです。自分は高く飛翔するかもめじゃない、すなかもめなんだよということで、「沙」という字が相当重い意味を持っていると、私は思います。
中西　今のお話を伺いまして思い出したのは、フィンランドの作曲家でラウタヴァーラ[*8]という人がいるんですが、彼に「極北への頌歌《しょうか》」という曲がある

＊8　一九二八年生まれ。現代フィンランドを代表する作曲家。

んです。一羽のかもめが、群を離れて、白夜の岸辺を飛び回っている。翌日、岩陰にそのかもめの死骸が横たわっていた。そういう情景を見て彼はこの曲を作ったそうです。

石川　なるほど。

中西　そういうイメージで私はこの詩を理解します。だから、今わの際のかもめです。

石川　私もそこまでの深読みはしていませんでしたね（笑）。

景と情の落差

中西　でも、「沙鷗」というイメージとか、「月湧いて大江流る」なんていう描写と、「名は豈に文章もて著れんや」っていう意識との間には、ものすごく落差があるように思います。自然を自然として見るのは、日本の歌人なんかよくやっていたわけですが、中国の場合は、それがもう、ガラッと志みたいなものに転換していきますよね。よくいうんですけども、和歌ですと、例えば「夏の野の　繁みに咲ける　姫百合《ひめゆり》の　知らえぬ恋は　苦しきものぞ」[*9]ってこういいますと、「夏の野の繁みに咲ける姫百合」というのは一つの景です。下の句を見ると、人に知られない恋は苦しい。「知らえぬ恋は苦しきものぞ」って、

＊9　大伴《おおとも》坂《さかの》上《うえの》郎女《いらつめ》の歌。『万葉集』巻八―一五〇〇。

情です。上の句が景、下の句が情となっています。それが分からないと、『万葉集』の読者になれないんです。景色かと思ったら、いや情だと。情かといったら、いや景だという。そのへんの「の」というのを、私はワープロの変換キーだと思うんです。「の」というのを押すと、パッと景から情へと変わる。これは杜甫でも同じような構想ですか。

石川　そうですね。だから、やっぱり景色を描きながらも、そういうことをいうための用意をしているわけです。景と情と普通いうけど、景と情はバラバラにあるんじゃなくて、情を引き出すために景が必要なんです。落差があるように見えて、実はちゃんと伏線が張ってある。

中西　その伏線ですが、どこまでが自然で、どこからが飛躍なんでしょうか。杜甫の場合には、われわれだったら飛躍と思えるようなものも、自然の中に入っていく。

石川　さっき挙げた「岳陽楼に登る」もそうなんだけど、「呉楚 東南に坼け、乾坤 日夜浮かぶ」と大きく景色を描いておいて、「親朋《しんぽう》一字無く、老病孤舟《こしゅう》有り」。親戚や友達からの便りもなく、年を取って病気で一艘の小舟に身を横たえている、という孤独感がくるんです。落差がこんなにあるけれども、大きな景色の中に既に孤独感を引き出す要素が用意されているわけです。これなんか、本当におもしろいと思いますよ。

中西　やっぱりそういうふうな、いわば荒々しい構造体。なめらかとか、優しいとかじゃない、そういうものが杜甫の魅力ですね。

石川　荒々しいけれど、荒削りになってはいないんです。

中西　迫力に満ち、勢いを持って、力強い。

石川　そう。力強い。

中西　そのへんが一つの大陸性でしょうかね。

石川　杜甫はまだまだ考えれば考えるほど味がある詩人で、これからもいろんなことがいえると思いますね。

泊秦淮

煙籠寒水月籠沙
夜泊秦淮近酒家
商女不知亡国恨
隔江猶唱後庭花

秦淮《しんわい》に泊《はく》す

煙《けむり》は寒水《かんすい》を籠《こ》め　月《つき》は沙《さ》を籠《こ》む
夜《よる》　秦淮《しんわい》に泊《はく》して　酒家《しゅか》に近《ちか》し
商女《しょうじょ》は知《し》らず　亡国《ぼうこく》の恨《うら》み
江《こう》を隔《へだ》てて猶《な》お唱《とな》う　後庭花《こうていか》

杜牧《とぼく》

《通釈》夕もやは冷たい水の上にたちこめ、月光は砂を白く照らす。今宵、船泊まりをしたのは、秦淮の料亭の近く。妓女たちは亡国の恨みの歌とも知らずに、川向こうでいまなお、「玉樹後庭花《ぎょくじゅこうていか》」を歌っている。

懐古詩の名作

石川　ここらで杜牧の「秦淮に泊す」に移りましょう。これは今の南京でうたわれた作品なんですけど、南京は六朝のころの都だったのが、唐の時代にはもうさびれていたんです。けれども、それなりににぎわいもあって、秦《しん》の始皇帝《しこうてい》*1が開いたという秦淮という堀割のあたりに、料亭のようなものが並んでいたわけです。そこへ作者が舟に乗ってやってきまして、舟を停めていると、対岸の料亭からさんざめきが聞こえてくる。聞くともなしに聞いてみる

杜牧　晩唐の詩人（八〇三〜八五二）。特に七言絶句に、「江南の春」「清明」など、日本人にも愛された作品が多い。

*1　紀元前二二一年、中国全土を初めて統一した皇帝（前二五九〜前二一〇）。

と、「玉樹後庭花《ぎょくじゅこうていか》」という、六朝の最後の皇帝[*2]が作った歌だった。その皇帝はそんな歌を作って歌ったり舞いを舞わせたりしていたために、国を滅ぼしたんですから、亡国の歌なわけですね。歌っている芸者はそんなことを全然知らないで歌っているんですけど、聞いている方は、ここは昔の都だったな、その歌は亡国の歌だなと知っていて、そこでこの詩を作ったんです。これは私の好きな詩です。

中西　私も、これはいい詩だなと思いましたけれども、そういうと恥ずかしいのかなと思っていわなかったんです（笑）。

石川　「かにかくに祇園《ぎおん》は恋し」[*3]というやつですね（笑）。

中西　実感があるんですか。

石川　いや、いや。私は全然、ないんだけれど（笑）。それはともかく、もう既に第一句に懐古のムードが漂っている。「煙は寒水を籠め　月は沙を籠む」。満月の夜のしっとりとした光がスポットライトのように当たって、寒い冷たい水の上にポーッともやがかかっている。そして、「夜　秦淮に泊して　酒家に近し」。ここは昔のいろまちのあたり。そこへ「商女は知らず　亡国の恨み」ってさんざめきの声がして、これは亡国の歌だなということをつくづく感じるわけです。何ともいえない懐古の情があるでしょう。

＊2　陳の後主《こうしゅ》、陳叔宝《ちんしゅくほう》（在位、五八二〜五八九）。彼の作った歌の「玉樹後庭の花、花開きて復《ま》た久しからず」という句は、陳王朝の滅亡を予言したものだという言い伝えがある。

＊3　「かにかくに祇園は恋し　寝《ぬ》るときも　枕の下を水の流るる」。歌人・吉井勇（一八八六〜一九六〇）の歌。『酒ほがひ』（一九一〇［明治四三］刊）所収。

滅びるものと滅びざるもの

中西　私がこれをおもしろいと思いましたのは、国あるいは王室の興亡にかかわりなく「商女」とか「酒家」はあるわけですね。国や王室は興亡を繰り返すんでしょうけども、「酒家」とか「商女」とかを全体で見れば、こちらは永遠に続いている。その向こう側に、王だとか、国とか、そういうものにこだわる人たちの夢幻というものがある。そういう感じが伝わってきたんです。だから、滅びるものと滅びざるもの、瞬時のものと永遠のものといいますか。そういうきわめて鋭い認識を感じました。

石川　それで思い出すのは、初唐の沈佺期《しんせんき》*4の「邙山《ぼうざん》」という詩です。洛陽の北にある北邙山《ほくぼうざん》という墓場、その死の世界と、洛陽のさんざめきの世界とを対照してうたっているんです。「北邙山上墳塋《ふんえい》列《つら》なり、万古千秋《ばんこせんしゅう》洛城《らくじょう》に対す。城中日夕《にっせき》歌鐘《かしょう》起こり、山上惟《た》だ聞く松柏の声」。洛陽の町からは、夕暮れになると歌やら鐘やらさんざめきが聞こえてくる。でも山の上では松柏を渡る風の音だけ。死の世界の方は、権力者が埋められているわけでしょう。生の世界はさんざめき。これはこの詩とかかわりがあるかもしれないな。今まで、そのことに触れた人はいません。中西先生が最初ですね（笑）。

中西　勝手なことをいっても、先生がちゃんと受けてくださるから、この対

＊4　初唐の詩人（六五三?〜七一三）。「邙山」は、七言絶句。『唐詩選』所収。

談は本当に楽しい（笑）。

商女、歴史の観察者

中西　この生と死というものの上に、さらに「商女は知らず 亡国の恨み」という句がくる。うまくいえないんですが、知らないというのは、知識がないというんじゃなくて、関係ない。

石川　そう、関係ない、ね。

中西　国が滅びようと何しようと、私は関係ないわよって。それが歓楽、遊楽の世界。だから、「江を隔てて猶お唱う 後庭花」。相当したたかなんですよね。

石川　したたかだな。

中西　前回の李商隠の詩でしたか、あれでは「却って」というのにこだわりましたけども、やっぱりこの「猶お」にもこだわった方がいいですか。

石川　こだわっていいですね。

中西　知っているけども、あえて、そんなものは関係ない。なお歌っている。何も無知、無邪気に歌っているんじゃなくて、亡国の歌をなお歌っている。

私は河鍋暁斎《かわなべきょうさい》*5という幕末の浮世絵師が割合い好きで、いろんなエッセーを

*5　幕末・明治前期の画家（一八三一～一八八九）。戯画や風刺画を得意とした。

書いたりしているんですけども、「暁斎の鏡」っていうエッセーを書いたことがあるんです。例えば絵がありまして、ここに鏡を立ててみるんです。そうしますと、これが地獄のえんま様の浄玻璃《じょうはり》の鏡[*6]みたいになりまして、片方では男がねじりはちまきをして、しりをからげて踊っていて、女が三味線なんかを弾いているわけです。ところが衝立がありまして、反対側はやり手の女が一生懸命に札を数えているんです。遊ぶということの実態は何か、女がしたたかに金をもうけているんだ、という、そういう二つの次元を描いているのがあるんです。

享楽の中の女というものには、次元を変えれば、見方を変えれば、ある賢さがある。彼女たちは男たちのようにただ単にそこでお酒を飲んで酔っぱらっているというのじゃない。もしそうだったら、この詩の「商女」だって、知っていて遊んでいるんじゃないかと思うんです。

石川　つまり「商女」は知っていて知らん顔をしていると、こういうことですね。一つの解釈であると思います。

中西　この「商女」というのは、ある意味では鋭い歴史の観察者かもしれない。

石川　そういえば、これも前に話したことに関連するけど、芸者は学問があ

*6　仏教で、死者の生前の所業を全て映し出すという鏡。

ると考えていいわけだから、「知らず」といっているのは、そんなことは百も承知なんだけど、そんなものは関係ないよ、それで、なお歌っているんだ。こういう味わいですね。

中西　無知じゃなくて、もっと上を行く生きざまですよね。

石川　「商女」というと商売女、というような品の悪いものと考えがちですが、これはやっぱり商売するような芸を売っている高級女性だ。そんな具合だと、得心がいきますね。

中西　「商」ということばのイメージですね。これはたとえばまた白楽天ですけども、私は零落して嫁いで商人の妻になった、なんてのがありますね。

石川　「琵琶行《びわこう》」*7ですね。

中西　あの作品では、「商」というのはあんまりいい意味では使っていない。

石川　あの場合は「商人」ですから。少なくとも「商女」ということばは、あんまり用例がないんです。ですから、日本人は近いことばで「商売女」と考えてしまう人が多いです。そうじゃなくて、作者は、先ほどおっしゃったような高級イメージでもって「商女」ということばを使ったのかなと思います。

中西　もう酸いも甘いも知り尽くしたような、ある賢さみたいなものがあり

*7　白楽天の七言古詩。全八十八句から成る大作。琵琶の名手の女性が自分の半生を語る、という内容で、その中に「門前冷落《れいらく》して鞍馬《あんば》稀に、老大にして嫁して商人の婦《つま》と作《な》る」（落ちぶれて訪問客もまれになり、年をとって商人の妻となった）という句がある。

ますよね。センチメンタルになっている男をどやしつけて、あんた何が悲しいのよ、人生ってこんなものよ、みたいに（笑）。

石川　そうすると、「知らず」というのは、そんなことは知らんよという意味になる。「商女は知らず　亡国の恨み、江を隔てて猶お唱う　後庭花」。うーん、「猶」という字が効いてくるな。

中西　関知しないという「知」ですね。

石川　これは新説だ。またまた中西先生の新説ですよ（笑）。

中西　いや、いや。どうも（笑）。

楓橋夜泊

月落烏啼霜満天
江楓漁火対愁眠
姑蘇城外寒山寺
夜半鐘声到客船

楓橋夜泊《ふうきょうやはく》　張継《ちょうけい》

月《つき》落《お》ち烏《からす》啼《な》いて　霜天《しもてん》に満《み》つ
江楓《こうふう》　漁火《ぎょか》　愁眠《しゅうみん》に対《たい》す
姑蘇城《こそじょう》　外《がい》の寒山寺《かんざんじ》
夜半《やはん》の鐘声《しょうせい》　客船《かくせん》に到《いた》る

《通釈》月が沈み、烏が鳴き、霜が空に満ち満ちている。漁《いさ》り火に照らされた楓の紅色が、旅愁のために眠れない目に映る。蘇州の町の外にある寒山寺から、夜中を告げる鐘の声が、私の乗る舟にまで届いてきた。

さまざまな議論を生む名作

石川　さて、続いての旅の詩ですが、有名どころで張継の「楓橋夜泊」なんかは、どうですか。蘇州の寒山寺＊1の少しはずれに楓橋という橋が今もあるんですが、そこに作者が舟で行った時の作品です。

　最初の一句を見ると、「月落ち烏啼いて　霜天に満つ」。一見、明け方かと思わせている。でも、よくよく考えてみると、月が沈むのも、烏が鳴くのも、霜の気が天に満ちるのも、本当は朝とは限らないわけです。一見、朝のよう

張継　中唐の詩人（生没年未詳）。四十七首の詩を残すが、この「楓橋夜泊」一首が群を抜いて有名。

＊1　唐代の高僧、寒山・拾得《じっとく》が住んだという寺。

なんだけど、朝とは限らない。そして、「江楓 漁火 愁眠に対す」。この岸の楓、これは赤く色づいている楓です。その赤の色は真っ暗なら見えないが、月の沈んだ真っ暗な中で、ちろちろ、ちろちろと漁火が燃えている。漁火も赤い。赤い光に照らされて、赤い色づいた楓が見えるというのが、旅愁に沈んでいる詩人の目に映る。そこで、ちょっとアクセントになっていると思うんです。そして、「姑蘇城外の寒山寺、夜半の鐘声 客船に到る」。この後半ではゴーンという鐘の音が聞こえてきて、ああ、まだ夜中だな、秋の夜は長いな、早く夜が明けないかな、と思う。その時、秋の夜の長さをかこつ旅愁を感じるんです。古典のことばでは「客愁《かくしゅう》」といっていますけど、晩秋の旅愁が漂ってくる作品です。

中西　この詩については、私は理解ができないところがたくさんあります。たわいもないようなところから申し上げますと、この楓橋に行ったことがあるんですけど、これが漁《いさ》り火が見えるところじゃないんです(笑)。つまり、全然実感がない。それは今の話ですから、昔はもっと違っていたんだとか、都市化がどんどん進んで、変わってしまったんだということなのでしょうか。

石川　今とはだいぶ違うと思いますよ。まず人家などはなかったと思います。川の様子も変わっているかもしれませんが、だけど、どの辺に船をもやったのか。私も行って見て、岸辺に楓が生えているようなところは実はなかったんだけど（笑）。

中西 今は完全に町です（笑）。それにしても「漁火」というのはどこの漁り火ですか。海ですか。あそこでは、海なんてあり得ないでしょう。

石川 海ではない。私の考えでは、運河の岸のところでたいていいるんだと思います。

中西 でも、そこで漁をしているんですか。

石川 岸辺で網を打っているのか、釣りをしているのか。

中西 それから、「夜半の鐘声」も、本当かなと思いました。

石川 その点については、古くから議論があるんです。あの欧陽脩《おうようしゅう》[*2]がいっているんですが、夜中に鐘は鳴らない、よくできてはいるけど嘘が書いてあるというんです。ところが、その後いろいろ調べてみると、夜半に鐘の鳴る例がいろいろある。白楽天の詩にもある。[*3]疑いが晴れたわけです（笑）。

中西 なるほど……。それから、「月落ち烏啼いて」という所。普通は夜ガラスというのはイコール明けガラスでしょう。「霜天に満つ」というと、一番冷え込む午前二時ごろですから、合わない気がするんです。私の経験でいうと、夜が明ける前、真っ暗なうちにカラスって鳴くんですよね。講義の準備がで

＊2　北宋の詩人・文章家（一〇〇七～一〇七二）。唐宋八大家の一人として著名。この話は、『六一詩話』に見える。

＊3　「藍渓《らんけい》に宿りて月に対す」詩に、「新秋松影の下、半夜鐘声の後」という一聯がある。

きないで、私はよくその辺まで起きているんですけど（笑）。

石川　そこも議論のあるところで、烏啼山《うていざん》という山があって、「月は烏啼に落ち」と読むんだという説もあります。ただ、「烏夜啼《うやてい》」という楽府題《がふだい》*4があるんです。だからカラスが夜、鳴くということについての一般的な認知はあったと思います。

中西　次の「江楓」。これは明るくなければ見えない。でも「漁火」がちらちらしているんですから、夜でしょう。

石川　「漁火」が「江楓」と全然関係ないところに焚かれていたんじゃ、これは合理性がない。だけど、「江楓」のそばで焚かれている。こう考えれば、その火によって楓が見えるということは不自然ではない。私はそのように解釈しています。

理知的な解釈と取り合わせ

中西　なるほど。でも、こういったもろもろの描写を一つの統一されたイメージにするというのは、ものすごく難しくありませんか。

石川　月が沈むのは、満月でなければ夜中に沈む時もある。カラスが夜中に鳴くのも、あり得ることです。霜の気が天に満つるというのは、むしろ主観

*4　「楽府《がふ》」とは、中国古代の民謡。その旋律だけを借りて歌詞を新たに作るとき、もとの民謡の題をタイトルとしたので、それを「楽府題」といった。「烏夜啼」の原曲は、罪を得た人が、烏が夜啼くのを聞いて、恩赦があることを予感した、という内容。

の問題で、夜中に寒くなったと感じれば、これもあり得る。全て明け方のように描いておいて、これは実は朝ではなかったんだよと、最後になって分かるような仕掛けになっているんです。

中西　そういう理知的な解釈ではなくて、取り合わせではいけないわけですか。つまり、楓橋の近くに泊まるという体験をいろいろに取り合わせているという解釈です。昼間見た楓。真夜中の漁り火。霜が満ちるほどしんしんと冷え込んで、明け方、カラスが啼く。旅愁の中で眠りに落ちようとするときに、そういうふうなイメージが思い出されてくる……。

石川　取り合わせね。

中西　この張継という人は、どんな詩人なんですか。

石川　詩は四十七首残ってます。一流詩人ではないですけども、官僚としては、局長クラスですから、偉くはなっているんです。

中西　だとすると、「老杜《ろうと》は痩《や》せたり」*5と芭蕉がいって憶っている杜甫のような心境ではないですね。むしろ、清らかな風采で道者の風がある局長さん(笑)。ちょっと取り合わせて作ってみても不思議ではないような。

石川　自分の旅のそういう断片的なものを取り合わせたという可能性はあるかも分からないな。そういや、この「寒山」というお寺の名前も効いてるん

＊5　『猿蓑《さるみの》』(一六九一〔元禄四〕年刊)所収の「幻《げん》住《じゅう》庵記《あんのき》」の終わり近くに見えることば。「老杜」は、杜甫を指す。

です。「寒い」という字が、「霜」という字と対応してるでしょう。それから、直前に「姑蘇」ということばがあって、コソと口をつぶって発音するんですが、その後にカンザンという発音を置いているのは、音声的な働きがあると思います。「姑蘇」というのは蘇州の古名なんですが、「蘇州」とはいわないで、わざと「姑蘇」といっているところからも、意図的だと思います。どちらもKo So、Kan Zanと母音がそろう、畳韻語《じょういんご》と呼ばれることばですね。

中西　ことばのリズムを大事にしているんですね。

石川　固有名詞をうまく使ってね。これが増上寺や寛永寺だったら、全然成り立たないんです。寒山寺だから効果があるんです。

中西　そうすると、核になるものは、やっぱり寒山寺の鐘ですかね。

石川　そうでしょうね。おもしろいのは、この鐘の音は、日本の鐘の音と違うらしいんです。

中西　ゴーンじゃなくて。

石川　バン、バンらしい。

中西　あまり響かない。

石川　そう。ただ、現在の寒山寺の鐘は日本人が寄付したものですから。

中西　そのようですね。

石川　一応、ゴーンと聞こえるでしょう（笑）。

名作たる所以

中西　ただ、この詩の「月落ち烏啼いて霜天に満つ」というのは、すごい叙景だと思います。特に「霜天に満つ」というのは表現としては素晴らしいなと思いますけども、これも類型があるんですか。ユニークなんですか。

石川　そういわれれば、あんまりないです。霜が「地に満つ」というのはたくさんあるけど、「天に満つ」というのはあんまり聞かないですね。

中西　いい詩だとは思うんですが、あれこれ詮索すると、すんなりと納得できないところがあるんですよね。

石川　なまじ名所になっているものだから、行くとイメージが壊れて、詩を読むときには邪魔になる（笑）。

中西　どうしてこの詩が有名なんでしょう。

石川　やはり詩としていい詩だからだと思いますよ。旅愁がしみじみと味わい深くうたってあるということですね。あとは、いろいろな説が出る余地があることで、かえって有名になったようです。

中西　何か起承転結でいうときわめて典型的な、優等生の作品のような……。

そういうところもまた、みんなに好まれるんでしょうか。

石川　それだけはっきりイメージできるということではないですか。

中西　破綻がないから、ちょっと警戒心を人に与えないんでしょうかね。中国でもこの詩はやっぱり有名ですか。

石川　その証拠に、有名な人が揮毫《きごう》した石碑の拓本がよく売れたんです。明《みん》の文人・文徴明《ぶんちょうめい》*6の書いた字は、拓本の取りすぎですり減って駄目になったので、清末の兪樾《ゆえつ》*7という人が書き直した。これが今の石碑です。摩滅すると困るので、もう原拓は取らさない。取ったものを板に彫り込んで、それを大量に印刷した。だから黒いところはノペーとしている。原物は石だからブツブツがあるはずなのに。

中西　最近はあまりにもそういうのが多いですね。拓本はもう全部そうでしょう。自分で取った後、壊すという話もあります。人に取らせないように(笑)。

石川　それは困りますね(笑)。さて、どうもこの詩は現地に行ってみると納得のいかないところがいろいろ出てくるようですが、次の詩も今や現地では問題ありです。もっとも、その原因は土木工事ですが……。

*6　明の文人(一四七〇〜一五五九)。詩文・書画ともにすぐれ、特に書は、日本にも大きな影響を与えた。

*7　清の文人(一八二一〜一九〇六)。学者・教育者として名高い。

早発白帝城

朝辞白帝彩雲間
千里江陵一日還
両岸猿声啼不住
軽舟已過万重山

早《つと》に白帝城《はくていじょう》を発《はっ》す　李白《りはく》

朝《あした》に辞《じ》す 白帝《はくてい》 彩雲《さいうん》の間《かん》
千里《せんり》の江陵《こうりょう》 一日《いちにち》にして還《かえ》る
両岸《りょうがん》の猿声《えんせい》 啼《な》いて住《や》まざるに
軽舟《けいしゅう》已《すで》に過《す》ぐ 万重《ばんちょう》の山《やま》

《通釈》朝早く、朝焼けがたなびく白帝城に別れを告げて、千里も離れた江陵まで、一日で帰ろうとする。両岸の猿の鳴き声がまだ耳にこだましているうちに、小舟は軽快に、幾重にも重なる山の間を過ぎていく。

「白帝城」の制作年代

石川　この詩の舞台になった「白帝城」というのは、長江の三峡[*1]の一番上流にあって、長江の上流地域と中国大陸の平野部とを結ぶ、交通上の要所です。この詩については、五十九歳の作品だという説と、二十五歳の作品だという説の二つあるんです。五十九歳といえば最晩年。李白が罪を得て流罪になって、[*2]江南地方から白帝城まで流されてきた時に、恩赦が出た。その時の作品です。二十五歳となると、故郷の蜀の山国から、都へと出て行こうとする時の作品

李白　四〇ページの作者紹介を参照。

＊1　長江の中流域にある、河幅が狭く切り立った峡谷の続く難所。古来、多くの詩文にうたわれてきた名勝として名高いが、現在、ダムの建設が進んでおり、数年後には周辺は湖と化すという。

＊2　七五七年、粛宗《しゅくそう》とその弟永王璘《りん》の皇室内の勢力争いに巻き込まれた李白は、死罪を宣告され、あやうく免れたものの、長江上流の夜郎《やろう》へ流罪となった。

になります。

中西　それはまた、ずいぶん違うんですね。でも、それぞれ理由はあるんでしょう。

石川　「千里の江陵　一日にして還る」は、ここまで流されてきて、赦免を受けて帰ることをいっている。もし、故郷から出てきたばっかりだったら、どうして「還る」というか。これが五十九歳説の拠り所です。二十五歳説を取る人は、帰るという意味はこだわらないでよい。「還」は韻字にもあたっているんだし、「還る」といったって、その意味はないんだよ、という。現在ではだいたい六対四で、五十九歳説の方が優位なんです。

中西　でも、先生は違う、と。

石川　私は二十五歳説です。私にいわせれば、「還」は、江陵と白帝との間を往復する舟の帰り舟に乗ったんだと思います。舟が帰っていくんで、自分が帰るんじゃない。こう考えれば何の不思議もない。さらにいうと、「還」という字を帰るという意味で使っている例が、一つ見つかったんです。温庭筠《おんていいん》＊3という詩人の詩で、行くという意味に使っている。いずれにせよ「還」という字があるから五十九歳だということにはならないというのが、私の考え方です。

しかし、それ以上に積極的な理由は、「両岸の猿声　啼いて住まざるに」と

＊3　晩唐の詩人（八一二?〜八七〇?）。李商隠と並び称された、晩唐詩人の代表的存在。その五言律詩「人の東遊を送る」に、「天涯孤櫂《ことう》還《かえ》る」とあり、「還」を天のはてへ行く意味に用いている。

いう句にあります。猿の声というのは、中国の詩や文章でよく出てくるけれど、例外なしに悲しいものとして出てくる。江戸時代の詩人なんかは、「猿もキャッキャッといって喜んで啼いておるぞ」なんて書いてますが、これはキャッキャッという鳴き声じゃないんです。この猿は、全然違うサルです。一種のテナガザルです。鳴き声はものすごく悲しい。それは駐日オランダ大使のグーリック[*4]という人が書いた『ギボン・イン・チャイナ』という本にあるんです。モンキーじゃなくて、ギボンなんです。その一番後ろにソノシートがついていて、それを鳴らしてみたところ、ヒーッ、キーッっていうすごい声、悲しいということはだれでも納得するという声ですね。

どうしてそんな悲しい声をここで出すのか。ここだけは例外だなんて書いてる人もいますが、それでは説得力がない。赦免になって喜んで帰るんだとしたら、悲しい猿の声は合わない。何か悲しいことがあったからでしょう。その悲しいことは何なのかというと、いよいよ故郷に残してきたあの娘と別れなければならない。後ろ髪を引かれる思い、それを振り払うようにして旅立ったんじゃないか。

中西　なるほど。

石川　この考えが突飛でないことの一つの証拠は、第一句、「朝に辞す　白帝

＊4　オランダの外交官(一九一〇〜一九六七)。すぐれた東洋学者として知られるほか、ミステリ作家としても知られる。なお、日本語では「ヒューリック」「フーリック」とも表記される。

彩雲の間」。「彩雲」というのは、特殊なイメージを持っています。昔、楚の王様が巫山《ふざん》の神女とちぎって、きぬぎぬの別れに巫山の神女が「わちきはこれから朝焼けの雲になりましょう。夕暮れの雨となりましょう」といったという話があるんです。[*5]今、ちょうど李白は朝早く、東の方へと旅立つ。東の空には、朝焼け雲がたなびいている。その朝焼け雲の方向に巫山の神女もいて、おいで、おいでをしているわけです。二十五歳の若い李白は、いよいよ中国の中心へ乗り出していく。どんな女性が待っているかと、うきうきしているんです。ところが、そこへ猿の声がキーッと聞こえてきて、あの娘の面影が顕《た》ち上がって、後ろ髪がギューッと引っ張られる。そこで悲しくなったんです。いよいよあの娘とお別れだ。それを振り払うように、「軽舟已に過ぐ万重の山」。「軽」という字と「重」という字を対比させて、しがらみを全部取り払ってサーッと行くんだという、こういう情景に私は解釈します。

「峨眉山月の歌」との関わり

石川　ついでにいうと、同じく李白の二十五歳ころの作品に、「峨眉山月《がびさんげつ》の歌」[*6]というのがあります。「峨眉山月　半輪の秋、影は平羌江水《へいきょうこうすい》に入って流る。夜清渓《せいけい》を発して三峡に向かう、君を思えども見えず　渝州《ゆしゅう》に下る」。この「君」

*5　戦国時代、楚《そ》の懐王《かいおう》（在位、前三二八〜前二九八）にまつわる伝説。『文選《もんぜん》』巻一九、賦、情所収、宋玉《そうぎょく》の「高唐《こうとう》の賦」に見える。

*6　古来、日本でも愛唱されてきた七言絶句の名作。

というのは直接には月を指していますが、女性なんです。

中西　女性を「君」ともいったんですね。

石川　もちろん。「峨眉山月の歌」の場合には、女性であるということの伏線は、第一句にあります。「峨眉山月 半輪の秋」。峨眉山に月が半分だよ。丸いんじゃなくて半分でなければいけない。これは女性の眉なんです。「蛾眉」*7といえば、女性の美しい眉のことになります。峨眉山というのも、なだらかな女性の眉のような稜線をした山です。女性の眉を連想させることを最初にうたっているんですから、最後の「君思えども」というのは女性であると考えることは自然だと思います。これを男と考えると、むしろおかしい。この詩は二十五歳というのを否定する人はいないんです。

中西　峨眉山と白帝城は、近いんですか。

石川　ええ。近いといえば近い。白帝城の上流です。白帝城に来る前に、清渓というところを出発して、峨眉山を眺めながらこの作品を作った。その後で「白帝城」を作って、いよいよ故郷よさらば、ということになると考えれば、一番筋が通ります。この白帝城を過ぎると、流れが急になるんです。ですから、ここを出てしまうと、もうおいそれと戻れないということで、旅人はここまで来て、休んで、水の補給もしたりして、それで旅支度を整え直し

*7　『詩経』の「衛風」に収められた「碩人《せきじん》」という詩に、「螓首《しんしゅ》蛾眉、巧笑倩《せん》たり」とある。

てサーッと行くんです。いよいよさよなら、万感の思い。そこで猿の声を聞いていているんです。どうですか。説得力があるでしょう。私は論文にも書いたんですけど、まだこれを信用しないやつがいるんです（笑）。

訓読の問題

中西　お話をうかがっているうちに気になってきたんですが、両岸の猿は悲しく鳴いているんですね。そこで「啼いて住まざるに」と逆接にとって訓読をしているわけですね。

石川　猿の鳴き声の余韻みたいなものが耳に残っているんです。キーッ、キーッて。しかし、流れは非常に速いですから、矢のように下っていく。私も実際にそこへ何度も行って船旅をしましたけど、両岸が切り立っていて、絶壁のように昼も暗いんです。そういうところで猿の声が聞こえると、非常に悲しくなります。

中西　何かむしろ「啼いて住まず」といった方が、今、おっしゃったような深い意味が伝わるような気がするんです。

石川　それは訓読の問題だから。

中西　この「住まざるに」という訓読は昔からあるんですか。

石川　そうですね。「やまざるに」ではなく、「とどまらざるに」と読む人もいます。

中西　そうですか。……私は日本語として、「啼いて住まず」の方がさっきおっしゃったような気持ちが素直に出てくるような気がします。悲しい別れだとか、いよいよ故郷を離れて都に行く孤独感とかがあって、自分もゆっくり行きたい。けものたちも別れを惜しんでいる。でも、あっという間に離れていく。「啼いてとどまらず」でもいいんですけども、あえて逆接にしなくてもいいような気がするんです。

石川　そうですか。

中西　……そのあたりを考えると、これは絶対に赦免されて帰る詩ではないですね。

旅行案内の詩

中西　ところで、先生のおっしゃるように「還」というのが帰り舟でいいとすると、「一日にして還る」というのは、一日かかりませんというぐらいの感じですか。

石川　これは誇張で、実際は一日では帰れないです。ただ、六朝の時代からもう「朝《あした》に白帝を発すれば、暮れに江陵に泊す」[*8]といわれているんです。中国の川は、たいていゆっくり流れている。でも、ここだけは非常に速いから、そんなふうにいわれるんですね。

中西　そうすると、非常に散文的に見ますと、この舟に乗ってらっしゃい、朝早く出れば、その日のうちに着きます、そんなふうにも読めますよね。「千里の江陵」に一日で着くぐらいに速いんです。その間はどうかといったら、猿の鳴き声が響いてきますよ、万重の山の中を舟はお客を乗せて、どんどん軽やかに進んでいきますよ。何か旅行案内みたいに読めて仕方がないんですけど（笑）。

石川　うーん、そうかな。

中西　教えていただくと、「猿声」とか「彩雲」のイメージはよく分かるんですけども、先だってくるものは、旅の状況、地勢の説明であるように感じられるんです。事柄が多くて旅情は二の次、三の次に隠されているような感じです。本当にぶっちゃけていいますと、「箱根の山は天下の険」みたいな（笑）。そういう歌にも見えてきました。箱根の山の地勢を語るようなものをいかにも詩として美しく表現したのが、この詩で、旅案内に書いてあるみたいに、愛唱された。こんな解釈は全くめちゃくちゃですね。

＊8　酈《れき》道《どう》元《げん》（四六九？〜五二七）の地理書『水《すい》経注《けいちゅう》』巻三四に見える。

石川　いえ、いえ。今、ふと思ったのは、故郷に恋人を残してきたのは事実ではなくて、白帝の町で遊んだとき、なじみの芸者かかわいい娘がいて、それと別れたという考え方もできるかな。李白の詩に、「大堤《だいてい》の曲」[*9]というのがあるんです。今の湖北省の襄陽《じょうよう》のあたりに、「大堤」という名前の堤があって、そこに芸者がいたんです。春の日、そこであいびきの約束をするが会えない。「佳期《かき》 大堤の下、涙は南雲《なんうん》に満つ」なんてうたっているんです。だから、「早に白帝城を発す」だって、芸者の世界の歌と取ることもできなくはないな。今のお話でひらめいたんですけど。それで、観光名所風な歌にした。これも「白帝よいとこ、一度はおいで」みたいな。

中西　やっぱり朝帰りとか、そういう詩なんですか。

石川　そう。「春風《しゅんぷう》 復《ま》た情無く、我が夢魂《むこん》を吹いて散ず」。そういうなまめかしい詩ですよ。

詩人の作品と実体験

中西　ただ、そういうことを李白の実体験として考えますと、何かなじんでこないような気がするんですが。

石川　そうですね。だから、李白の実体験に引きつけなくてもいいというこ

*9　五言古詩。冒頭の二句は、「漢水は襄陽に臨み、花開いて大堤暖かなり」。

とですな。「早に白帝城を発す」という題もそういわれてみると、自分の体験というよりは、朝早く白帝城を発つとこうだよ、というふうにも考えられますね。

中西　一読した限りでは、実体験という感じはしませんでした。さっきの「朝に白帝を発すれば、暮れに江陵に泊す」という句からすると、ここの旅路は、民謡にうたわれるくらい、有名だったわけですよね。するとむしろ、二十五歳の詩だとすれば、まだ人生の苦渋はあんまり多くなめていないでしょうから、自分の体験を語ったというよりは、事柄をきわめて華麗に、特異な表現で飾った、という理解の仕方は間違いでしょうか。

石川　いや。間違いじゃないと思いますよ。李白の作品中には、昔の民謡やなんかに結びついた詩がたくさんあります。以前取り上げた「子夜呉歌」もそうでした。ですから、そのようなものを基にしてこの詩を作った可能性は、十分あると思います。どうも後世の人は、作者の実体験に引きつけよう、引きつけようとするけど、やっぱり李白のような詩人は、そう見るべきではないかもしれないな。この詩を解釈するときに、民謡を踏まえているということを分かっていながら、やれ赦免されてうれしいだとか、李白の体験と引きつけてしまうんですね。

中西　柿本人麿についても、最近、やっぱり民謡に基づいて作っているという考え方がだんだん増えてるんです。たとえば、妻と別れて一人で上京する時に、名残惜しくて何度も振り返るけど、やがて見えなくなってくる。そこで、山よ、妻が見えるようになびいてくれ、という歌があります。*10 慕情が高まって、なびくはずのない山に対してどけっていったんだっていうのが、今までの解釈だったんです。ところが、もっと冷めた人がいまして、「邪魔な山よ、どけ」っていうのは民謡にいくらでもあるよっていうんです。

石川　そういわれれば、この詩の場合もそうですよ。「巴東《はとう》三峡　巫峡《ふきょう》長し、猿鳴くこと三声　涙　裳《もすそ》を沾《うるお》す」。*11 そんな民謡があるんです。

中西　漢詩の解釈の中で民謡とか民歌とか、そういったようなものを取り入れながら解釈をしようという傾向は、一般論としては、今までやっぱり少ないですか。

石川　少ないとはいえないけど、李白の場合には、分かっていながらそういう考え方をしていないところがありますね。

中西　もっと、天才的なオリジナリティーみたいなものを尊重しようと。

石川　そう、そう。

中西　それは、もう日本の文学も同じですね。でも、文学作品というのは、

*10　「石見《いわみ》国より妻を別れて上り来たりし時の歌」（『万葉集』巻二―一三一）。

*11　注8と同じく『水経注』巻三四に、「漁者《ぎょしゃ》歌ひて曰《い》はく」として引用されている。

いろんなものが織り重なっているわけです。そこに、詩人たちのオリジナリティーが載ってこそ、豊かなんですよね。

第四章　秋の詩

飲酒　二十首　其五　　陶淵明《とうえんめい》

結廬在人境
而無車馬喧
問君何能爾
心遠地自偏
采菊東籬下
悠然見南山
山気日夕佳
飛鳥相与還
此中有真意
欲弁已忘言

飲酒《いんしゅ》　二十首《にじっしゅ》　其《そ》の五《ご》
廬《いおり》を結《むす》んで人境《じんきょう》に在《あ》り
而《しか》も車馬《しゃば》の喧《かまびす》しき無《な》し
君《きみ》に問《と》う　何《なん》ぞ能《よ》く爾《しか》るやと
心《こころ》遠《とお》ければ地《ち》自《おの》ずから偏《へん》なり
菊《きく》を東籬《とうり》の下《もと》に采《と》り
悠然《ゆうぜん》として南山《なんざん》を見《み》る
山気《さんき》　日夕《にっせき》に佳《よ》く
飛鳥《ひちょう》　相与《あいとも》に還《かえ》る
此《こ》の中《うち》に真意《しんい》有《あ》り
弁《べん》ぜんと欲《ほっ》すれば已《すで》に言《げん》を忘《わす》る

《通釈》粗末な家を人里の中に構えているが、車馬の往来のやかましさはない。どうしてそんなことができるのかといえば、心が離れていれば、地も自然と辺鄙《へんぴ》になるものだ。菊の花を東の籬《まがき》の下で採り、悠然として南の山を見る。夕暮れに山はかすんで見え、その中に鳥たちが連れ立って帰っていく。この

陶淵明　二ページの作者紹介を参照。

中にこそ、人生の真意があるのだ。それを説明しようとしても、とたんにことばを忘れてしまうのだ。

悠然として南山を見る

石川　最初に春の詩を読みましたから、久しぶりに季節の詩に戻って、今回は秋の詩を見ていきたいと思います。最初の作品は、「飲酒 二十首 其の五」。陶淵明といえばこの詩、とりわけ「悠然として南山を見る」という句がすぐ思い浮かぶくらいの、いわば看板の詩です。陶淵明は四十一歳で宮仕えを辞めて、故郷の田園に帰ってきた。その心境を、折に触れて酒を飲み飲み詩に作ったというのが「飲酒」連作二十首で、彼の隠居生活をうたっている、最も代表的な作品とされています。

　解釈上の一つの問題は、「悠然として南山を見る」の「見」という字です。古い『文選《もんぜん》』*1のテキストでは「悠然として南山を望む」になっている。「見」よりも「望」の方が古いテキストなわけですから、そちらの方が正しいと思われていたんです。ところが宋の時代になって蘇東坡《そとうば》が、これはやはり「見」でなければいけない、といったんです。*2「望」だと見る行為に恣意が働く、これはおもしろくない。見ようと思って見るんじゃなくて、腰を伸ばして、や

*1　六世紀ごろ、南朝梁《りょう》の昭明太子《しょうめいたいし》（蕭統《しょうとう》）が編纂した、古代からその時代までのすぐれた詩文を集めた書物。

*2　『東坡題跋《だいばつ》』巻二に見える。

おら目を開けると南の山が目に入ったぐらいのところでないと、味がなくなるんだよ、といったんです。蘇東坡のような人がいったものだから、そうだ、そうだということになって、今は「望南山」という人はいなくなっちゃった。でも私は、また別な考え方を持っております。

中西　「望」がいいと？

石川　ええ。この方がテキストが古いというのが第一の理由なんですが、ちょっと角度を変えて、「南山」の方から考えてみたいんです。陶淵明の故郷は廬山《ろざん》＊3のふもとですから、見える山は廬山です。なのに「廬山を見る」といわないのは、「南山」ということばによって連想されるものを利用しようとしているんです。『詩経《しきょう》』＊4に「天保《てんぽう》」という詩がありまして、その中に「南山の寿《じゅ》の如く、騫《か》けず崩れず」という句があり、長寿の象徴として南山がうたわれています。ですから、南山を見るというのは、長寿を願うということになるんです。

その証拠というか、なぜ菊を採るかという問題があります。陶淵明のころには、菊は不老長生の薬だと一般的に信じられていましたから、「菊を東籬の下に采る」の菊は、折って花瓶にでも入れて鑑賞するんじゃなくて、食べたり、酒に浮かべて飲んだりするものなんです。今の漢方薬です。ここを考慮

＊3　現在の江西省《こうせい》九江《きゅうこう》市の南方にある山。主峰の漢陽峰《かんようほう》は、標高一四七四メートル。

＊4　中国現存最古の詩集。「天保」は、そのうち、周王朝の歌謡を集めた「小雅」に収められた詩。

に入れて、かの南山のように長生きしたいなと思って望む、と理解すると筋が通るんです。

願望の詩

中西　確かに私もこの詩からは、悠然と何かを楽しむというようなことよりも、もうちょっと意図的なものを感じたんです。ですから、長寿のものを採って、長寿を願うとなると、意図的ですよね。私の印象にも先生の説はぴったりです。

石川　ぴったりですか。

中西　最後のところで、「此の中に真意有り」って断定していますよね。そして、「弁ぜんと欲すれば已に言を忘る」。ことばを忘れるというのは、ただ単にいうことばがなくなったとか、いう必要がないとかというのではないような気がするんです。山上憶良《やまのうえのおくら》*5の「沈痾自哀文《ちんあじあいぶん》」の中に「言はむと欲《ほ》りして言《こと》窮《きは》まる」というのがあるんです。そして「何を以《も》ちてかこれを言はむ」。「何に由りてか、之《これ》を慮《おもひはか》らむ」というんですが、私は、これは陶淵明を意識しているんじゃないか、この二つは同じような心境をいっているんじゃないかと思うんです。

*5　『万葉集』を代表する歌人の一人（六六〇〜七三三ごろ）。「沈痾自哀文」は、晩年、病にかかった憶良が、死を見つめながらつづった漢文体の文章。『万葉集』巻五所収。

石川　そうでしょうね。意識していると思います。

中西　一般的に見まして、憶良は陶淵明を非常に意識しているんです。若いころ、そういう論文を書いて吉川幸次郎《よしかわこうじろう》先生*6に否定されてしまったことがあるんです(笑)。でも、それから何年もたって、無心の人、例えばアメリカ人の学者なんかに聞いてみたんです。読み比べてみて、どう思いますかって。そうすると、やっぱり意識してるだろうって。

石川　それはそうでしょうねえ。

中西　陶淵明の影響を受けた、隋《ずい》から唐へかけての詩人で王績《おうせき》*7という人がいますよね。憶良は王績を媒体として陶淵明の影響を受けている、ということもあると思うんです。そう考えてくると、やっぱりこの「弁ぜんと欲すれば已に言を忘る」と「言わんと欲りして言窮まる」、この二つは同じような心境をいっているんじゃないか。

石川　そうですね。同じですね。

中西　そこで、いおうとしている「真意」なんですが、この「真」って、やっぱり老荘的な「真」でしょうね。

石川　陶淵明には老荘思想の影響が非常に強いです。

中西　世俗的な営みではなくて、本当の「真」がこの中にある、それは言語

*6　中国文学者（一九〇四〜一九八〇）。戦後の中国文学研究に大きな足跡を記した。

*7　隋《ずい》末唐初の詩人（五九〇〜六四四）。若くして官を退き、酒を愛して隠者として過ごした。

を超えた世界なんだ、そういうふうに読めるんですけど……。普通の解釈は、もうこれはことばではいえないよという解釈ですか。

石川　そうですね。「此の中に真意有り」の「此の中」は、前の四句を指していると思うんですが、この四句の前半二句は、さっき申し上げたように、長寿ということをうたっている。あとの二句はというと、鳥が帰っていく状況です。山の霞がたなびいていて、そこにカラスだと思うんですけど、カー、カー、カー、連れ立ちながら山の巣に帰っていく。私はこれを安息の表象だと見ます。ですから、長寿と安息。これが人生の本当の意味だよ。そういうことをここでいっているんじゃないかと思うんです。「言を忘る」というのは、一つのポーズだと思います。突っぱねているんです。これを分かりたかったら、おれのような生活をしてごらんよ、できないだろう、と。

中西　陶淵明の詩って、鳥が一つの象徴としてうたわれていて、例えば「独飛」するなんてうたっていますよね。[*8] 鳥は必ずペアで飛びますから、それをあえて一羽で飛ぶとうたうと、これはもう自然の風景じゃなくて、極めて寓意的な風景です。この詩でも「相与に還る」というのは、一羽じゃなくて連れ立っているわけでしょう。この中には何か孤独に悠然と自然の境地を楽しむというよりは、老荘的な願望といったものがあるような気がするんです。

＊8　「飲酒二十首其の四」に、「栖栖《せいせい》たる失群《しつぐん》の鳥、日《ひ》暮《くれ》れて猶《な》お独飛す」とある。

石川　そうですね。私もこれは願望の詩だと思っています。彼なりの人生哲学の解答を、この詩で見せているんです。

中西　「菊を東籬の下に采り、悠然として南山を見る」だけがあまりにも有名だから、ついついそういう固定観念の中で理解してしまうんだけれども、今までの何か自然に帰るみたいなイメージの解釈を、ちょっと変えないといけないんじゃないかという気がしますね。

隠者の社会的位置づけ

中西　ところで、この詩の最初のところ、廬を結んで俗世間に住んでいる、だけど訪問客の車馬の喧しさはないよ、というのは、一つの逆説ですよね。どうしてなのといったら、心が俗世間から遠く離れていれば、土地も遠く離れているんだよと、説明をしています。ここを読むと、「大隠《たいいん》は朝市《ちょうし》に隠る」っていうことばを思い出すんですが、あのことばと陶淵明との前後関係はどうなんですか。

石川　あれは王康琚《おうこうきょ》*9という人の詩で、「小隠は陵藪《りょうそう》に隠れ、大隠は朝市に隠る」というんです。陶淵明より少し前です。

中西　この詩は「大隠は朝市に隠る」の境地ですね。人間世界にいるけど、

*9　六朝の詩人（生没年未詳）。「小隠は……」は、「反招隠《はんしょういん》の詩」（『文選』巻二二、反招隠所収）の冒頭二句。「陵藪」は、山林、「朝市」は町中の意。

車馬の喧しさはない。なまじ山の中なんかにいるのは「小隠」です。

石川　そうです。小隠は山林に隠れるわけですから。

中西　そこで気になるのは、隠者というものの社会的な位置づけです。これがどうなっているのか、私はすごく興味があるんです。日本でもやたらに隠遁だとか、僧形に身をあらためるとかっていいますでしょう。世間の外にいるんだから、本当は死者でなければいけない。生きていながら、世間の外のようなところにいる。これは極めて都合のいい話で、だから、堕落していく。虚無僧《こむそう》とか、そういうふうなものに変質もしていきますよね。中国の六朝時代の隠者は、どんなふうに社会的に認知されていたんでしょうね。

石川　私も書いたことがあるんですけど、隠者というのは、一種の社会的な地位なんです。つまり、決して山中に隠れている人ではなくて、隠者という地位は一つの社会の中に固定されているんです。おもしろい話があるんですよ。代々ずっと隠者をやっている家があるんですが、あるとき、その子孫がそれを打ち切って宮仕えをすると、それに見合った官職がもらえている。[*10] ということは、その家は、隠者を続けていることによって社会的な地位を固定して保っていたんです。もし本当の隠者だったら忘れられちゃって、仕官なんかできないです。

＊10　『宋書』翟法賜《てきほうし》伝によると、彼は、曾祖父湯《とう》、祖父荘《そう》、父矯《きょう》と四代続いた隠士であったが、州の役人に招かれ、中央政府に推薦されたという。

中西　隠者の社会的な役割というものがあったから、社会的な地位を認定できるんですね。その役割は何だったんですか。

石川　陶淵明の場合は、詩を作ることだと思います。陶淵明の住んでいるところは江州《こうしゅう》です。たとえば江州刺史《しし》という一番偉い人が催す宴会がある。あるいは、高級官僚が都からやってきて、三年ぐらいたって帰っていく、その送別会がある。そういうところに呼ばれるんです。そして、そこで詩を作る。そういう役割を果たしたと思うんです。

中西　その詩は、政治的な志を述べるといったものではなくて、もっとエンターテンメントみたいなものですか？

石川　そうです。あなたと別れて悲しいよというようなものを、飾った文章で作るわけです。

中西　でも、それはおよそ陶淵明の作品らしくないようにも思いますが。

石川　そうなんですが、現存している彼の詩の中にも、実はそんな作品が一つあるんです。さっきいった江州刺史の催した送別の宴での作品です。*11　一つあるということは、氷山の一角だと私は思っているんです。しかし、陶淵明をひいきの引き倒しにする批評家は、これはどうも陶淵明の作品じゃないんじゃないかということで、抹殺しようとしているんです（笑）。自分で勝手に

＊11　「王撫軍《ぶぐん》の座に於いて客を送る」。「王撫軍」は、撫軍将軍江州刺史であった王弘《おうこう》のこと。

イメージをこしらえといて、それに合わないから、これは偽作だといっているんじゃ、話が反対ですね。

中西 やっぱりありていに受け取って、判断するしかないですよね。

石川 陶淵明は詩ですけども、詩でない人もいるわけです。たとえば儒者の場合には、学識です。その地方の有力者の集まりに呼ばれて、みんなに講義をするとか、あるいは権力者の子どもの家庭教師になるとか、そういう役割をするんです。

中西 そうすると、それはその人の詩なり学識なりがかなり評価されて、社会的な必要度を認められたときに初めて安定する地位ですよね。

石川 そうです。

中西 ちょっと送別の宴をするから、あいつを呼ばないと、という感じになってくるわけでしょう。

石川 そうです。それで、その座に彩りを添えるわけです。送別の場合だと、それをもらって帰る人は、箔が付く。江州の隠者、陶淵明先生から詩をもらったよって都で喧伝するわけです。

中西 何かちょっと、だんだん芸者に似てくるようで（笑）。

石川 また中西先生の新説ができるんじゃないですか。陶淵明芸者説（笑）。

貴族と隠者の関係

中西　でも、中国でも日本でも、そういう宴席に侍るのはだいたい女性で、しかも才能のある女性でしょう。隠者とそういう女性たちとの違いは、いったいなんなんでしょうか。

石川　人間というものは、何もかも捨てているような人間にあこがれるところがあるんですね。隠者の方は、それに乗っているんです。だから、隠者にもやはり枠はあるんです。たとえば清貧じゃなければならない。隠者が贅沢三昧していたら、これはおかしい。もちろん、彼らの清貧ということは、今のわれわれが考えているような清貧じゃないです。「方宅十余畝《ほうたくじゅうよほ》」*12なんていったって、一DKや二DKに比べたらうんと大きいわけでしょう(笑)。ですから、貴族社会の中の相対的な清貧なんです。

『世説新語《せせつしんご》』*13というおもしろい本があるんですけど、その中にこんな話があります。ある大貴族が人気のある隠者に別荘を造ってやったんです。そしたら、さすがにこれはちょっと度が過ぎやせんかという話になった(笑)。

中西　ヨーロッパでも貴族がスポンサーになって芸術家を育てますよね。たとえばメディチ家*14とか、ルートヴィヒ二世*15がワーグナー*16を抱えたとか。ああいうのと同じで、権力者が自分の劣等感みたいなものを補ってくれる存在と

*12　陶淵明の「園田《えんでん》の居に帰る」五首の第一首に、「方宅十余畝、草屋八九間」という句がある。

*13　南朝宋、劉義慶《りゅうぎけい》の著。後漢から東晋《とうしん》にかけての文人たちの逸話集。ここで触れられている話は、「棲逸十八」に見える郗《ち》超《ちょう》の逸話。

*14　イタリア、フィレンツェの名家。一四～一五世紀、ルネッサンスの学芸を保護した。

*15　ドイツ、バイエルンの王(一八四五～一八八六)。ワーグナーに心酔してその保護者となった。

*16　ドイツの作曲家(一八一三～一八八三)。楽劇「ニーベルングの指輪」などが有名。

して、隠者と交わっていくといったような、そういう精神的な構造があるんでしょうか。

石川　あると思います。あの人と付き合っているぞということが、一つのステータスになるんです。陶淵明より二十歳くらい若い顔延之《がんえんし》*17という人がいるんです。この人が少壮官僚として陶淵明のところへ立ち寄って、毎日のように酒を飲んでいたというエピソードがあるんです。やがて別れるときに二万銭という大金を置いていったんですが、陶淵明はそれを全部酒代に使ってしまったとか（笑）。

　顔延之という少壮官僚にとっては、江州の有名な隠者先生、陶淵明と交わるということはステータスだったんです。そして、陶淵明が死んだときに追悼文を書くわけです。*18これがたいへんな文章なので『文選』にとられています。

中西　私は長いこと、隠者というものの正体が疑問だったんです。日本の場合だと、たとえば蟬丸《せみまる》*19なんて人がいる。この人も廬を結んでいるんですが、坊主なのかどうかよくわからない。坊主めぐりのときにも大問題になる（笑）。いい加減なんです。でも、隠者だといったら許されてしまうんですね。何で許すのかが分からなかったんです。ああいういかがわしいのを何で認めるの

*17　南朝宋の詩人（三八四〜四五六）。陶淵明との交流は、『宋書』陶潜伝に見える。

*18　「陶徴士《ちょうし》の誄《るい》」。『文選』巻五七、誄下所収。

*19　平安時代の歌人（生没年未詳）。『百人一首』に「これやこの 行くも帰るも わかれては 知るも知らぬも 逢坂の関」の歌が採られていることで有名。

か、みたいに思ってたんです。でも、今のお話は、ものすごくよく分かりますね。世俗の権力者が恥部みたいに思っている、言語への劣等感のようなものがあるんでしょうね。だからこそ隠者先生が、言語のエキスパートとして社会的に認知されていく。そういうふうなところは全部、少なくとも東洋では一致していますね。そういう大きな枠組みの中での言語の働きというものが、あるんですね。

*20 紀元三世紀、魏《ぎ》・晋《しん》王朝のころ、俗世を避けて竹林に遊び、自然と詩酒を友にして暮らしたという七人の隠者たちの総称。

酒は文化の証

中西 もう一つ伺いたかったのはお酒なんです。この詩の題は「飲酒」なんですが、詩の中にはお酒が出てこない。どうしてかなと思っていましたら、先ほどのお話では、「菊を采る」っていうのは、菊酒を飲むということだとおっしゃいましたよね。

石川 はい。

中西 それで、酒が出てきて安心したんです(笑)。その酒というものを、当時の人はどのように考えていたんでしょうか。たとえば竹林《ちくりん》の七賢《しちけん》*20の連中なんか、酒をよく飲みますね。あれは人と一緒に飲んで楽しむという酒なのか、それとも一人で飲む酒なのか。

石川　酒を飲んで一緒に楽しむという考え方は、もちろんだいぶ前からあります。たとえば「酒に対しては当《まさ》に歌うべし」で始まる曹操《そうそう》の*21「短歌行《たんかこう》」なんかがそれですね。でも、最初はやっぱり憂さを忘れるというか、俗世間の嫌なことを忘れるというか、その方にウェートがかかるんです。友達と一緒に飲んで楽しむというのは、少し後になりますね。

中西　友達と楽しむというのがもっと徹底されると、酒を飲むことこそが文人のたしなみだ、みたいなことになっていきませんか。たとえば白楽天が「琴《きん》詩酒《ししゅ》の伴《とも》」*22というようなときには、それが非常に強いと思うんです。一緒に酒を酌み交わす友というと、特別な気心の合った、雅を通じ合う友だというような、そういう意識が非常に強いように思うんです。気になりますのは、その意識はいつごろから生じたのかということなんです。

　なぜそういうことを伺うかといいますと、『万葉集』の大伴旅人《おおとものたびと》、*23彼は、徹底的に酒を酌み交わすことこそが友だというふうにうたっているんです。有名な旅人の歌で、酒を飲まないやつは猿に似ているというのがあるんですよね。なぜ酒を飲むと人間で、飲まないと人間以下なのかというと、やっぱり酒を酌み交わすということが、文化の証みたいになっているんだろうと思うんです。

*21　三国時代の英雄（一五五〜二二〇）。詩文にもすぐれていた。「短歌行」は、彼が陣中の酒宴で歌ったという詩。

*22　友人に贈った七言律詩「殷協律《いんきょうりつ》に寄す」の中に、「琴詩酒の伴は皆我を抛《なげう》ち、雪月花の時最も君を憶《おも》う」という対句がある。

*23　『万葉集』を代表する歌人の一人（六六五〜七三一）。その「酒を讃《ほ》むる歌十三首」（『万葉集』三―三三八〜三五〇）には、「あな醜《みにく》 賢《さか》しらをすと 酒飲まぬ 人をよく見ば 猿にかも似る」などの歌がある。

石川　なるほど。

中西　酒も花も雪も、皆そうです。ところが中国ではそれがみんな白楽天だということになりますと、影響の受けようがないんです。

石川　時代が逆だ。

中西　そうなんです。さっき申し上げたように、憶良は陶淵明の影響を強く受けている。そして、旅人自身がやっぱり六朝時代の隠士にあこがれている面がある。そうすると、後に白楽天が権威づけた、酒をともに酌み交わす友という意識の始まりみたいなものが、陶淵明あたりにあってくれると、とってもいいんですが……。

石川　陶淵明に「酒を止《とど》む」[*24]という有名な詩があるんです。「酒を止むれば情《こころ》に喜び無し」なんて句がありますから、あの中に述べられている考え方には、それに近いですね。酒を友達とするようなところがあるんです。あとは、「父老」と飲む酒、というのがあります。村のボスみたいな、そういう老人が訪ねてきて飲むんです。たとえば「飲酒」二十首の中で、「父老雑乱《ざつらん》して言い、觴酌《しょうしゃく》行次を失す」[*25]、そんな連中と酔っぱらってろれつが回らなくなって、酒をつぐ順番もあったもんじゃない、なんていっています。

中西　旅人の酒は、そこから来ているのかもしれませんね。

*24　五言古詩。「酒を止むれば……」の句の他にも「未《いま》だ知らず 止むることの己に利あるを」などの句がある。

*25　「飲酒」二十首の「其の十四」。

隔籬の詩想と身体方位

中西　詩に戻りますと、「悠然として南山を見る」の南に対して、どうして菊を東のまがきで採るんでしょう。

石川　それは従来、あんまり注意されていない点です。私がちょっと考えたところでは、まがきで一線を画しているると思うんです。この外は俗世界、おれのところは超俗世界なんだ、と。以前、これに「隔籬《かくり》の詩想《しそう》」なんていう名前を付けたことがあるんです。これを受け継いだのが王維です。王維に「鹿《ろく》柴《さい》」という詩があるでしょう。[*26] あの「柴」は「しば」じゃない。砦《とりで》という意味なんです。材料が木だから「柴」という字を書いた。だから鹿柴というのは、鹿が入ってくるのを防ぐバリケード。その向こうは俗世間、鹿柴によって隔てて、こっち側はおれの世界。これが陶淵明の「隔籬の詩想」に通ずるんじゃないか。

中西　それはおもしろいですね。『万葉集』では男女の間を垣が隔てている。恋をささやくのも垣のところでささやき合う。ということで、垣、それから入り口としての門、そういうものが恋の歌の中ではかなり象徴的な単語として出てくるんです。それと今のは同じ具合ですね。

石川　垣というものを、物理的なものじゃなくて、象徴的なものだとするわ

＊26　二一二ページ参照。

けですね。

中西　それから、私は、東は身体方位だって、いったり書いたりしているんです。西は精神方位です。宗教的には、西は神聖な方向ですよね。ところが、種まく人というのは、太陽が昇る方向、東へと歩いていく。体の行動は東に向いている。その東を遮断するのは、身体方位を遮断して、精神を一途に西へ向けるということになりませんか。

石川　なるほど。東は身体方位ですか。

中西　「山気　日夕に佳く、飛鳥　相与に還る」というのは、夕景色ですよね。これは方向としては西の風景です。だから、この詩には東・西・南が出てきていて北はないんです。でも「北」というのは、「敗北」のように、逃げるという意味がありますでしょう。だから、この詩にうたわれている一歩退いた心境というようなものが「北」だとしたら、東西南北が全部そろうんです。でも、これは読者の理屈かもしれないですね。

石川　今、お話を伺っていてふと、やっぱり東でなきゃならんと思いました。なぜかというと、西は広がっている。だから「山気　日夕に佳く、飛鳥　相与に還る」わけです。南は南山がある。だから、どうしても東か北になるけど、北はまた別なイメージがあるので、やっぱり東側にまがきがあるというアイディアがあるんじゃないかな。東側には俗世間があって、それをまがきで遮断する……。そうだ。分かってきたぞ。やっぱり東じゃなくっちゃ駄目だ。

中西　政治家とか王様は東が好きです。東はいつも景気がいいんです。

石川　そうだな。それが東だな。

杜牧　九一ページの作者紹介を参照。

山行　杜牧

遠上寒山石径斜
白雲生処有人家
停車坐愛楓林晩
霜葉紅於二月花

山行《さんこう》　杜牧《とぼく》

遠《とお》く寒山《かんざん》に上《のぼ》れば　石径斜《せっけいなな》めなり
白雲《はくうん》生《しょう》ずる処《ところ》　人家《じんか》有《あ》り
車《くるま》を停《と》めて坐《そぞ》ろに愛《あい》す　楓林《ふうりん》の晩《くれ》
霜葉《そうよう》は二月《にがつ》の花《はな》よりも紅《くれない》なり

《通釈》晩秋のさびしい山に登っていくと、石の小道が斜めに続いていて、白い雲が湧いていているあたりには人家が見える。車を止めて気の向くままに夕暮れの楓の林を愛でると、霜に打たれた楓の葉は、二月の花よりももっと赤いのだ。

折れ曲がった道の果てに

石川　今、「隔籬の詩想」ということに触れたので、その関連で、次は杜牧の「山行」を取り上げたいと思います。この詩は最後に「霜葉は二月の花よりも紅なり」という、人を驚かせるような有名な句がきます。この句の奇抜さというのはだれでも気がつくんです。片方は春爛漫の桃の花、片方はさびさびとしたすがれた季節の、霜にうたれた楓の葉。そういう対極のものが、赤いという点で勝負になるという発見。そして、すがれた赤の方が勝ちという意外性。春爛漫の花の色の方が赤いというのが普通の発想だけど、そうじゃない。この奇抜な発想で有名になった詩です。

しかし、その美しい赤の色を享受できる人は、俗世間の人ではない。つまり、おれのような超俗世界に住む人間が、それを享受するんだよという気持ちがこの詩にはある。「遠く寒山」の「遠く」というのは、物理的に遠いというよりも精神的なんです。陶淵明の「心遠ければ地自ずから偏なり」、その「遠い」です。実際にはなだらかな普通の山、丘だと思うんです。車に乗って行くんですから。

中西　「寒山」って固有名詞じゃないんですね。

石川　そうです。寒々しいすがれた山へ行くんですけど、遠くといっても決して物理的に遠くはない。そして俗世間からのバリケードとして、石の小道が出てくる。なぜ「石径」といったか。普通の小道じゃなく、石がごろごろしていて、通りにくい小道なんだよ、というわけです。ここにまた「隔籬の詩想」がある。これは私の発見です。

中西　私はこの「石径斜めなり」というところが、さっぱりわからなかったんですが、バリケードという比喩的な意味ですね。

石川　比喩的な意味です。先ほどのまがきと同じ働きをしている。

中西　石径はやっぱり歩きにくい道として、日本のものにも出てきます。例えば、妻のところから別れて帰ってくるとき、石ころの道だから馬がつまずく。だから私は心を妻に奪われているんだとか。やっぱり比喩的な使い方だけれども、石のごろごろした道というもののとらえ方は同じですね。

　それから「斜めなり」ですけど、日本ですと、例えば柿本人麿が妻と別れたとき、道が曲がりくねっていて、何度も振り返って見たとか[*1]、額田王が大和から近江へ行くときも、曲がり角が重なって行く間もずっと三輪山を見ていたいとか。[*2]そういう例を探しますと、一番曲折の多い道は、死への道なんです。「百足《もも》らず　八十隅坂《やそすみさか》に　手向《たむけ》せば　過ぎにし人に　けだし逢はむかも」[*3]という挽歌があります。これがもう七曲がりも八曲がりもする。道の屈折というものが隔離性を生む効果は、「石径斜めなり」にも働いている感じがありますね。

石川　そうですね。この詩は死とは関係ないと思いますが、とにかく普通の世界ではない世界へ行ったことを暗示していると思います。

*1　「柿本朝臣《あそみ》人麿の石《いは》見国《みのくに》より妻に別れて上り来し時の歌」（『万葉集』巻二―一三一）に、「この道の　八十隈毎《やそくまごと》に　万《よろづ》たびかへりみすれど」とある。

*2　「額田王の近江国に下りし時に作れる歌」（『万葉集』巻一―一七）に、「道の隈《くま》　い積《つも》るまでに　つばらにも　見つつ行かむを」とある。

*3　「田口広麿《たぐちのひろまろ》の死《みまか》りし時に、刑部垂麿《おさかべのたりまろ》の作れる歌」（『万葉集』巻三―四二七）。

山への意識の違い

中西 今のようなお話を伺いますと、「白雲生ずる処 人家有り」という句は、斜めになった石径の向こう側の世界は、まさに白雲の生ずるところ。しかしそれは、人家があるはずはないところです。そこに人家があるよと、というわけですね。この人家というのは、何なんですか。

石川 私は、そこに住んでいる人は必ずや隠者か木こりだろうと思います。

中西 それでいいんですか。そうしますと、これはもうまるで掛け軸の絵です。

石川 そう、そう。

中西 やっぱりそれでいいんですか。

石川 後世の山水画を見ると、山が描いてあって、山道がくにゃくにゃ曲がって、木こりが柴を背負っている。そこに庵があって、窓みたいなところから隠者が……（笑）。

中西 それなんですよね。

石川 いわゆる掛け軸になるのはもうちょっと後なんですけれど、ああいう図柄になる源だと思います。

中西 こういうものに対する限りないあこがれが、中国人にはあるんですね。

石川　この詩は、その辺の源流になっているんです。

中西　そのあたりは日本と中国では非常に違いますね。日本の山というのはもっと神秘的です。超俗世界どころか、恐れるべき世界、神に支配されている世界です。

石川　全然違いますね。そもそも中国の詩人が普通にいっている「山」というのは、深山幽谷のような山ではないです。どちらかといえば丘なんです。そういう丘のようなものには神格というのはないんです。もちろん中国にも高い山はありますが、それはまた別な山岳信仰の対象になっているんです。泰山《たいざん》*4とか嵩山《すうざん》*5とかのように。

中西　泰山だって、あんなにいろんな建物を造ったりして、人間世界にしてしまっていますよね。日本では山のことを嶺《ね》っていいますでしょう。「富士の高嶺」の「嶺」。別に「根の国」というのがあって、これは死の世界です。それと同じものが山です。ですから、日本の場合は、山に人間的な世界があっちゃおかしいんですよ。

石川　話は横に飛びますけど、実際に中国に行きまして一番感じたのは川、山の違いです。これが大きいですね。

中西　そうですね。日本には、中国のような面としての山や川がないですね。

*4　現在の山東省泰安市《たいあん》の北方にある山。標高一五二四メートル。古来、信仰の対象として崇められてきた五岳の一つ、東岳。

*5　現在の河南省《かなん》登封県《とうほう》の北方にある山。標高一四四〇メートル。泰山と同じく、五岳の一つ、中岳。

点とか筋、線ばかりですよね。

石川　そうですね。そういう違いが、やはり自ずと詩にも影響していると思います。

中西　やっぱりスケールが大きいからそういうことにもなるんでしょうね。

「坐」字の働き

中西　その次の「車を停めて坐ろに愛す」、これが一番分からなかったんです。車で山を上っているんですか。「遠く寒山に上れば石径斜めなり」でしょう。車なんか行けないんじゃないかと思いますが。

石川　そうなんです。一見、矛盾していますよね。ここで種明かしをしているわけです。遠くといったって、本当に遠くはないことがここで分かる。「遠い」は物理的な意味じゃないんだよと、作者が信号を送っているんじゃないかと思います。

中西　私は「車」の後に「坐」という字がきていることに興味を持ったんです。この二つの字の間には、なにか対比のようなものはありますか。

石川　「坐」という字には二つの意味があるんです。一つは「そぞろ」と訓読する場合。ゆくりなくとか、何の気なしにとかいう意味です。もう一つは、

「よる」と訓読する場合。原因を表します。例えば「罪に連坐する」なんていうときの「坐」です。ですからこの場合、「車を停めて坐ろに愛す 楓林の晩」という意味のほかに、「車を停むるは楓林の晩を愛するに坐《よ》る」という意味もある、そういう説があります。

中西 その「そぞろ」と読むときと、「よる」と読むときというのは、まったく別の字の使い方なんですか。つまり「貿易」の「易」を「えき」と読むときと「い」と読むときは、全然、意味が違いますでしょう。そういう意味の違いなんですか。

石川 そうです。これは全然、違います。

中西 日本語としては確かに「そぞろ」と読むか「よる」と読むかだけれども、中国人は「坐」一語で、その両方の意味を含めて理解する、というわけではないんですね。

石川 そうです。この字はもう一つ「すわる」という意味ももちろんあるわけで、三つの意味がありますが、この場合には「そぞろ」と読むか、「よる」と読むかという解釈の違いがありますね。

中西 先生、その三つの意味には何か共通するものがありませんか。

石川 ありますかな。

中西　「すわる」ということは、ゆっくりすることで、「そぞろ」ですよね。「すわる」と安定するんで、それが「よる」というような意味にもならないでしょうか。そうやって意味を重ねながら考えていくと、「坐」という字があるから、「車」という字を使う方が詩としてはおもしろい。そういうことはないんですかね。

石川　なるほど。「車」の働きということは、今まであんまり考えなかったですね。

紅のうつろい

中西　この詩の最後のところ、「霜葉は二月の花よりも紅なり」というのは、最初におっしゃったように有名な句ですね。でもこれはなぜ二月なんでしょうか。「烟花《えんか》三月」というのは、ほかの詩でありますけども。*6

石川　二月は春の盛りなんです。たとえば「花朝月夕《かちょうげっせき》」ということばがあります。あの「花朝」というのは、二月なんです。

中西　「月夕」が八月の十五夜ですから、ちょうど六か月前の花なんですね。

石川　私は桃の花を意識していると思います。

中西　それじゃ、この「二月の花」は、桃をイメージしながら、真っ盛りの

＊6　本書一七〇ページ参照。

花。日本でいうと桜みたいなものですね。

石川　そうです。

中西　桃というと紅、これもあるんでしょうか。

石川　そうです。「柳緑桃紅《りゅうりょくとうこう》」ということばもあります。

中西　『万葉集』の「春の苑《その》　紅《くれなゐ》にほふ　桃の花　下照《したで》る道に　出で立つ少女《をとめ》」*7と いうのも、みんな元は中国なんでしょうね。また『万葉集』の話なんですけど、家持《やかもち》は紅という色を多用するんです。それをずっと見ていきますと、彼が紅という色を使うのは、必ず何か心に移ろいを感じているときなんです。「紅は移ろふものぞ」と彼はいっています。*8「つるばみ」という黒い色は移らないともいっています。実は黒い色は女房で、紅は遊女なんですけど(笑)。そうすると、彼の無意識が選び取った色が紅なんじゃないか、と思うんです。そこで、この詩の場合の紅というのは、いろいろあるものの中から選んだ色なのか、それとも最高の赤色は紅だからという、割合、単純なものなのでしょうかね。

石川　選んだんでしょうね。

中西　例えば、赤とか、丹とか、赤い色を表すほかのことばって、普通に使うものですか。

*7　大伴家持の歌。『万葉集』巻一九―四一三九。

*8　「紅は　移ろふものぞ　橡《つるばみ》の　馴《な》れにし衣《きぬ》に　なほ及《し》かめやも」(『万葉集』巻一八―四一〇九)。

石川　使いますけど、花の赤さに使うのはだいたい紅ですね。「牡丹」の「丹」ですから丹は使うことがあるし、緋も使われますね。でも「赤」は使わない。一般的に日本人がイメージしている赤を表すのは、紅ですね。

中西　そうして、その紅の裏には、桃の花がイメージされる、というわけですね。そうすると一方の「楓」の方も、やっぱり中国でも、紅葉が非常に美しいとされているわけですか。

石川　中国でいう「楓」は、日本の「かえで」とはちょっと違うんですけれど、紅葉が美しいことには変わりありません。このあいだちょっと触れた、杜甫の「秋興《しゅうきょう》」の冒頭も、「玉樹凋傷《ぎょくじゅちょうしょう》す楓林《ふうりん》の晩《くれ》」と始まりますし、先生のお好きな白楽天にも、「琵琶行《びわこう》」の最初の方に「楓葉荻花《ふうようてきか》 秋瑟瑟《あきしつしつ》」という句があります。

中西　なるほど。秋のイメージなんですね。

石川　さて、菊、紅葉と秋の景物をうたった詩を見てきましたから、次は月をうたった詩を見てみることにしましょう。

竹里館　　　　　王維《おうい》
独坐幽篁裏
弾琴復長嘯
深林人不知
明月来相照

竹里館《ちくりかん》
独《ひと》り坐《ざ》す　幽篁《ゆうこう》の裏《うち》
弾琴《だんきん》　復《ま》た長　嘯《ちょうしょう》
深林《しんりん》　人知《ひとし》らず
明月《めいげつ》来《き》たって相照《あいて》らす

《通釈》ただひとり、奥深い竹の林の中に座って、琴を弾いたり、長嘯したりしている。深い林の中のこの楽しみを、誰も知らない。やがて月がやってきて、私を照らしてくれる。

王維　盛唐の詩人（六九九?～七六一?）。字は摩《ま》詰《きつ》。自然を通じて脱俗の境地をうたった詩が多く、日本でも昔から愛読された。

「竹里館」と竹林の七賢

中西　この題名はいかにも屋号みたいな感じですが、「竹の中の建物」ぐらいの意味でいいんですか。

石川　いい伝えによると、王維の別荘で輞川荘《もうせんそう》というのがありまして、その敷地の中に二十か所も名勝を作って、その一つ一つに名前を付けているんです。その一つが、竹里館。

中西　自分で付けたんですか。

石川　自分で付けたんです。察するところは、竹林の中に館があったから。

中西　優雅なもんですね。

石川　この詩は、最初に「独坐幽篁の裏」とあって、奥深い竹藪が出てきますが、このイメージは竹林《ちくりん》の七賢《しちけん》のイメージです。その次に「弾琴復た長嘯」という句がある。気を吸って、ヒューッと吐く、これが嘯《しょう》。当時の養生法の一つです。竹林の七賢の一人、阮籍《げんせき》*1が蘇門山《そもんざん》に孫登《そんとう》という隠者を訪ねて、いろいろ質問をしたんだけども、一言も答えてくれない。帰り道、山を中程まで下ってくると、後ろから山をとどろかすようなヒューッという音が聞こえてくる。振り返ると、孫登が嘯をやっているんです。これが「蘇門の嘯」という故事です。ですから、この最初の二句は、イメージとしては阮籍です。阮籍は、世俗を拒絶するような生き方をしましたから、*2この作品の背景には、その孤独な面影が色濃くあるわけです。

中西　そういう、自己を空しくして、もっと大きな宇宙に身をゆだねるといったような印象は、私も非常に強く受けるんです。その中で、この長嘯というものが養生法の一つだとしますと、ここだけがちょっと作為的に浮き上がってきませんか。

石川　そうですね。養生法から出発はしていますが、この場合には、ただ何

*1　六七ページ注7参照。

*2　たとえば「詠懐《えいかい》　其の一」には、「孤鴻《ここう》　外野に号《さけ》び、翔鳥《しょうちょう》　北林に鳴く」とあり、自らを孤独なおおとりにたとえている。

の心もなく一人で楽しんでいる感じですね。これは隠者独特の楽しみ方なんでしょう。俗人はできないんです。

中西　隠者の持っている独特の呼吸法、そんなふうに考えると、全体に合う感じですね。

石川　「弾琴」の方にも故事があって、陶淵明の伝記の中に、無弦琴《むげんきん》をなでて楽しんでいたと書いてあります。*3 さらにさかのぼると、また阮籍になるんです。阮籍の「詠懐《えいかい》　其の一」という詩の中に、「夜中《やちゅう》に寐《い》ぬる能《あた》わず、起坐《きざ》して鳴琴を弾ず」という句が出てきます。ですから二つとも阮籍と考えてもいいんですが、弾琴には陶淵明も一枚絡む。陶淵明の場合は弦のない琴なんで、鳴らないんですけど。

中西　無弦琴なんて、すごいと思います（笑）。

石川　それはすごいです。人を食っている（笑）。

中西　そこまで徹底するところに、隠者の居直りといいますか、価値観があるんでしょうね。皮肉にいうと、逆説の中に住んでいる。弦はないけど聞こえるよというのも逆説です。長嘯にもそんなところがあるのかもしれませんね。

＊3　『宋書《そうじょ》』陶潜伝に、「潜、音声を解さざるも、素琴一張《そきんいっちょう》の絃無きを蓄え、酒の適《かな》うこと有る毎に、輒《すなわ》ち撫弄《ぶろう》して以て其の意を寄す」とある。

だれも知らない世界

石川　そういうイメージのところに、「明月来たって相照らす」。周りにはだれもいない、超俗世界。自分のこの超俗の心を分かってくれているのは月だけだ。こういうことだと思うんです。

中西　この「相」は何ものなんですか。

石川　一般には、動作の対象がある動詞に付くと説明されています。「月が照らしてくれる」の「くれる」のような働きです。

中西　照らしているのは月だけだけれども、日本でいうと、去来*4の「岩鼻やここにも一人 月の客」。月と客というのが一セットになっている。そういう感じなんでしょうかね。

石川　なるほど。ただ、この月の照らし方は、あんまり広くないところでないとまずいと思うんです。広がっちゃうと相照らす親密さがなくなる。限定された、割に小さい、だれも知らない世界で、月と自分だけが向かい合っている。こういう月のうたい方は、この詩が初めてだと思います。

中西　それで思い出しましたのは、蘇州の拙政園《せっせいえん》*5に、「誰と同《とも》にか坐《すわ》る軒」（与誰同坐軒）というあずまやがあるんです。そこへガイドが連れて行ってくれたときに、「だれと一緒に座るんでしょうね。月でしょうかね。風でしょう

*4　向井去来（一六五一～一七〇四）。江戸前期の俳人。芭蕉の弟子。「岩鼻や……」の句は、その俳論書『去来抄』（一八世紀初頭の成立）所収。

*5　蘇州四大名園の一つ。創建者は唐の詩人・陸亀蒙《りくきもう》といわれる。現在では、江南の典型的な庭園として、観光名所となっている。

かね」っていうんです。夕べ、一人で坐っていたら、月が隣に座っている。この広がりにすごく感動して、エッセーに書いたことがあるんです。

石川　それは共通するのかもしれないな。

中西　月を友とするというのは、ほかにも例がありますか。

石川　そうですね。月はいろいろ出てきますけれど、こんな照らし方は、あんまりないです。李白の「月下独酌」[*6]という詩の中では、李白は月と遊んでいます。だけど一人じゃない。月と影と自分の三人なんです。

中西　だれも知らない世界とおっしゃったので伺うんですけど、この「人知らず」は、人は自分の何を知らないんですか。

石川　楽しみじゃないですか。

中西　そういうことをいいますのは、また『万葉集』なんですけども、「白珠《しらたま》は 人に知らえず 知らずともよし 知らずとも われし知れらば 知らずともよし」[*7]というのがあります。これは才能を人が理解してくれないという「知らず」なんです。ですから、この詩もそういう意味までくるのか、それとも……。

石川　それでヒントがわいた。「人知らず」というのは『論語』ですね。「人知らずして慍《いきどお》らず、亦《ま》た君子ならずや」[*8]。これかもしれない。

中西　それがありましたね。

＊6　二二五ページを参照。

＊7　「元興寺《がんごうじ》の僧《ほふし》のみづから嘆ける歌」(巻六―一〇一八)。

＊8　学而《がくじ》編、巻頭第一の一章。「子曰わく、学びて時に之《これ》を習う、亦た説《よろこ》ばしからずや。朋の遠方より来たる有り、亦た楽しからずや」の後に続く。

石川　これは新しい見方だな。『論語』の方は、「自分のことを、自分の才能をだれも知らない。でも怒るなよ」。この詩の「深林のこの楽しみ、だれも知らない」というのは、そこまで含めて、「知らない」。

中西　それならよく分かります。

石川　よく分かりますな。これは発見だ（笑）。

竹のイメージ

中西　この詩もそうなんですが、中国の文学では竹のイメージが果たしている役割は大きいですね。それはどうしてなんでしょうか。

石川　もともと、洛陽《らくよう》とか長安とかっていうところには、竹林みたいなのは本当はないんです。北京あたりでも篠竹《しのだけ》が主で、大きな竹はあんまりない。ところが南に行くと孟宗竹《もうそうちく》がある。江南には大きな竹がたくさんあるんです。そこで、北にあった西晋《せいしん》王朝が滅びて、貴族たちが江南へ逃げて来て東晋王朝を作った、そのころになって貴族たちは大きな竹と接するようになるんです。ちょうどそのころ、王羲之《おうぎし》*9のせがれの王徽之《おうきし》*10という人が、竹を非常に愛したというエピソードがあります。

中西　「此の君」でしょう。

*9　二一ページの注12を参照。

*10　東晋《とうしん》の書家（？〜三八八）。王羲之の第五子。竹を愛した話は、『晋書』王徽之伝に見える。

石川　そう。彼が自分の家に竹を植えている理由を聞かれた時、竹を指さしながら、「何ぞ一日も此の君無かるべけんや」、この君がなければ一日も生きられないと答えたという話です。つまり、竹を友達として扱っているわけです。竹というものが文学の世界に大きく取り上げられてくるのは、ここからだと思います。実は竹林の七賢も、彼らが実際に生きたのは魏《ぎ》から西晋の時代なんですが、ああいう話になってくるのは、江南に貴族たちが亡命した東晋の時代なんです。だから、あのエピソードは作られたエピソードなんです。

中西　竹というものの属性とか、そういうものはどうなんでしょう。

石川　竹というのは普通の木と違うでしょう。スッとしていて、枝も何もない。その姿の気高さみたいなものがあるんじゃないですかね。

中西　気高さというは、ずっと松に感じていますでしょう。「孤松」のイメージについてはだいぶ前に伺いましたね。それを竹に移行したような孤高さですか。

石川　そのあたりに関していうと、前漢の末ごろに蔣詡《しょうく》という隠者がいて、庭に三つの小道を設けて、一つには松、一つには菊、一つには竹を植えたという話があります。[*11] 隠者の「三径」、なんていいます。

中西　前漢の末ごろに竹が出てくるというのは、南の風景を知っていたわけ

*11　この話は、『蒙求《もうぎゅう》』（一九一ページ注13参照）に「蔣詡三逕《しょうくさんけい》」として収められていて有名。

ですか。

石川　その辺は分からないですが、用例だけからいえば、『詩経』にもすでに竹が出てきていますから。[*12] もちろん孟宗ではなくて、細い竹だと思います。それが東晋になって大きくなっていったというか、生活に密着してきたっていう感じがあるんじゃないでしょうか。この「竹里館」に出てくる「幽篁」ということばも、もともとは『楚辞《そじ》』[*13]にあるんです。

中西　それじゃ、ずいぶん古くから竹はモチーフとしては出てきているんですね。

石川　ええ。ことに『楚辞』は南の歌ですから。

王維のことば遣い

中西　「幽篁」は『楚辞』で、「人知らず」は『論語』。それから「弾琴」にも「長嘯」にも故事があるとなると、この詩のことば遣いには奥行きがありますね。

石川　五言絶句はわずか二十字ですから、王維は非常に吟味して字を使っています。典故があって当然です。

中西　王維という人はかなり知的なことば遣いをする人ですか。

*12　たとえば諸国の民謡を集めた「国風」の「衛風」には、「竹竿《ちくかん》」という詩がある。

*13　戦国時代の楚の国の詩を集めた詩集。『詩経』が北方の詩を主に収めるのに対し、中国古代の南方の詩の代表とされる。その「九歌、山鬼」に「余幽篁《ゆうこう》に処《お》りて終《つい》に天を見ず」とある。

石川　そうですね。知的というか、ことばを練っていますよね。練ってないように見える練り方です。ごく普通のことばをぽっと置くことによって、効果を狙っている。すごいですよ。

中西　王維の字《あざな》は摩詰《まきつ》でしたね。あれはやっぱり維摩詰《ゆいまきつ》*14と関係があるんでしょう。

石川　そうです。

中西　真理を究めたという維摩居士に心酔していたのなら、知的なものにもあこがれていたはずですね。

石川　そうですね。家はそれほどの貴族ではないが、由緒正しい家なんです。その伝統もあるんじゃないかな。

中西　そうすると、やっぱり何かプライドが高いところがあって、友達とするのはもう明月ぐらいなもので、人間なんて友達にはならないみたいなところがあるんですか。

石川　そうです。俗世間なんてもう眼中にない。超俗世界の楽しみなんですよね。そういう孤独な楽しみもいいんでしょうけど、やっぱり人間の友達もいいもんだ、という詩を、次に見てみましょうか。

*14　仏典『維摩経《ゆいまきょう》』の中心人物。空を説き、とらわれを棄てることを教える、真理を究めた理想的な菩薩として描かれている。維摩居士ともいう。

白楽天　一四ページの作者紹介を参照。

八月十五日夜　禁中独直対月憶元九

白楽天《はくらくてん》

八月十五日《はちがつじゅうごにち》の夜《よる》
禁中《きんちゅう》に独《ひと》り直《とのい》して月《つき》に対《たい》して元九《げんきゅう》を憶《おも》う

銀台金闕夕沈沈
独宿相思在翰林
三五夜中新月色
二千里外故人心
渚宮東面煙波冷
浴殿西頭鐘漏深
猶恐清光不同見
江陵卑湿足秋陰

銀台金闕《ぎんだいきんけつ》　夕《ゆう》べ　沈沈《ちんちん》
独宿《どくしゅく》　相思《あいおも》いて翰林《かんりん》に在《あ》り
三五夜中《さんごやちゅう》　新月《しんげつ》の色《いろ》
二千里外《にせんりがい》　故人《こじん》の心《こころ》
渚宮《しょきゅう》の東面《とうめん》　煙波《えんぱ》冷《ひ》ややかに
浴殿《よくでん》の西頭《せいとう》　鐘漏《しょうろう》深《ふか》し
猶《な》お恐《おそ》る　清光《せいこう》同《おな》じくは見《み》ざらんことを
江陵《こうりょう》は卑湿《ひしつ》にして秋陰《しゅういん》足《おお》し

《通釈》宮中のきらびやかな建物に、夜は静かにふけてゆく。私はひとり翰林院に宿直しながら、君のことを思っている。のぼったばかりの満月に、はるか二千里のかなたにいる君の心がしのばれる。君のいる渚宮の東側では、もやった水面が月に冷たく光り、私のいる宮中の浴殿の西側では、時を告げる水時計の音が、深々と刻まれている。君がこの月影を見られないのではないか心配だ。江陵の地は低く湿っぽくて、秋もくもりがちの日が多いというから。

故人の心

石川　これは白楽天がまだ三十代、左遷される前の、いわゆるエリートコースに乗って怖いものなしだった時代の作品です。八月十五夜の晩に、左遷された親友の元稹《げんじん》*1を、宮中で宿直しながらしのんでいる詩です。お互いの間はうんと離れているから、満月を見ながら、同じ満月を君は多分、見られないだろうと想像しています。「江陵は卑湿にして秋陰足し」。左遷先の江陵はぼんやり煙っていて、健康にもよくないだろうと、想像しているわけです。

中西　この二人はどういう関係なんですか。

石川　科挙の最終試験で、元稹が一番、白楽天は四番で合格、それ以来のつきあいです。この二人は、年は七つも白楽天の方が兄貴なんですけど、社会的な地位やお互いの間はむしろ反対で、元稹の方が兄貴なんです。政治家としても、元稹は、短い間ですけど宰相になります。元稹は引っ張っていく。白楽天はくっついていく。そういうところがあります。ただ詩人としての才能は明らかに白楽天の方が上なので、元稹は損をしているんです。

*1　二〇二ページの作者紹介を参照。

*2　源氏は二十六歳のとき、政争や女性問題が原

中西　気の毒ですね(笑)。この詩は『源氏物語』の中に引かれていますでしょう。ですから、それでいろいろとあげつらったことがあるんです。「須磨」の巻で、須磨に籠居した源氏が、*2都に残してきた女たちのことを思いやりながら「二千里外　故人の心」の句をうたう場面があるんですが、「鈴虫」の巻にも、八月十五日の夜、源氏が「こよひの新たなる月の色には、げになほわが世の外までこそよろづ思ひ流さるれ」とつぶやく場面があるんです。ここで源氏が思い出している相手は、「わが世の外」ですから、死んでしまった柏木《かしわぎ》*3です。

でも、私の妄想が多少なりとも正しければ、源氏はこの詩を、藤壺《ふじつぼ》*4の死んだ後にも、ちらつかせているんです。相手は藤壺ですから、隠微に書かれていてどこにも出てこない。だけど明らかにそれは分かるんです。子どもたちが雪だるまを作っている。そこにこうこうと月が照っている。*5そのときの「故人」は、源氏の場合は友達ではなくて亡くなった人で、それを思い出している。ですから、「江陵の卑湿　秋陰多し」というのは、あの世の藤壺の話になるんです。それは卑湿でしょうし、秋陰は多いでしょうし、「渚宮の東面　煙波冷ややか」、これもうそっくりそのままになりまして、実に源氏の作者というのはいやらしいぐらいに見事だなと思います。

因で都を離れ、須磨に隠居する。そこで明石の上と出会ったことが、将来の源氏の栄華の出発点となった。

*3　源氏の親友の子。晩年の源氏の正妻となった皇女・女三宮《おんなさんのみや》と密通し、その罪の意識にさいなまれながら病死する。女三宮との間に生まれた子・薫《かおる》が、『源氏物語』後半、宇治十帖《うじじゅうじょう》の主人公となる。

*4　桐壺《きりつぼ》帝の后で、源氏の義母。源氏は彼女に満たされぬ恋をし、それが『源氏物語』の中心的モチーフとなる。

*5　「朝顔」の巻に、「冬の夜の澄める月に雪の光あひたる空こそ、……この世のほかの事まで思ひ流され」とある。

石川　なるほどね。

白楽天の天才

中西　翻って伺いますと、ものすごく技巧的な詩ですね。例えば、「渚宮の東面」に対して「浴殿の西頭」。「渚」と「浴」、「宮」と「殿」、「東」と「西」、「面」と「頭」というふうに全部、対になっていて、非常にきれいですよね。それから「三五」に対して「二千」。「夜中」に対して「里外」。「新」に対して「故」。「月色」に対して「人心」。もう練りに練って作ってあります。

石川　そうです。しかも、練って作っているんですけど、やさしいことばで作っている。特に典故もないんです。

中西　最初の「銀台金闕 夕べ 沈沈、独宿 相思いて翰林に在り」って、自分のことです。そして、最後の「江陵は卑湿にして秋陰足し」というのは、相手のことです。最初に自分があって、最後は相手でまとめていて、その間に両方のことをいう。これも何か練りに練っている感じです。

石川　これは本当に白楽天の天才が現れている作品なんです。白楽天というのはこういう詩を一番得意としています。練っているんだけども、自然の美しさが出ている。これは特殊な才能です。

中西　ちょっと前に、先生、白楽天は練り方が足りないって、おっしゃいましたよ。

石川　いいましたかね(笑)。それは晩年の話でしょ。でも、こういう作品は杜甫にはないです。

中西　杜甫はもっとごつごつした感じがあります。

石川　杜甫の場合は、もっと含んでいるものがあるんです。

中西　白楽天のそういう一見したところのやさしさ、オブラートにつつまれたやさしさ、それが日本人に受けたんじゃないんでしょうか。非常に和歌的なんですよね。

石川　和歌的ね。

中西　そういうふうな印象があるんです。

華やぎの中の孤独

中西　この八月の十五夜、中秋の名月っていうのは、詩人だったらぜひとも詩にしてみたい、そういうモチーフだったんでしょうか。

石川　そうですね。特別な夜ですから、宮中では必ず宴会を開きますしね。

中西　じゃ、これも宴会の後、独り孤独にいる状況ですね。前に蘇軾《そしょく》の「春夜」を取り上げましたでしょう。あれもそうでしたね。

石川　そうです。そこでまたふと気が付いたけど、あの詩も「鞦韆院落《しゅうせんいんらく》夜沈沈」と「沈沈」を使っている。同じ状況をつかまえていたわけですから、多分、蘇軾の「春夜」はこの詩にヒントを得たのでしょうね。

中西　やっぱり宴のその後というものには、独特の情趣があるんですね。

石川　そうですね。だから、この詩を鑑賞するときには、そこを考えないといけないでしょうね。華やぎの後の静けさ、それを意識させている。その一つの仕掛けが、「銀台金闕」というキンキラしたことば遣いです。

中西　そう、そう。華やかな世界で、友達はいっぱいいるわけでしょう。だけども、自分は元稹を思っている。そこが目の付け所でしょうかね。おれはお前がいないと孤独なんだ、と。

石川　そうですね。

中西　ところで、そのキンキラした世界に出てくる「浴殿」というのは、何なんですか。そこで女性たちが湯浴みでもしてるんですかね(笑)。

石川　さてね。シャブシャブという音が聞こえてくる(笑)。これはおもしろい。

中西　銀台金闕の流れですよ。浴殿なんて割合、特殊なものでしょう。ですから、それが出てくるというところには、さっきの華やぎのようなものが、この中にあって、それと対比された自分の孤独みたいなものがある。

石川　そうか。今までここは深く考えたことがなかったんです。なるほど。これはちょっと考えてみましょうね。

中西　先生のご本を読んでいると、酒はうまいし、ねえちゃんはきれいがたくさん出てきますよ（笑）。

石川　そういえば「西頭」だから。西だからね。女が絡んできてもおかしくはないな。しかし、そこはちょっとそこまで関係付けるとかえってよくないかな。

東と西にいる友人たち

石川　それはともかくとして、ことさらにキンキラしたことばを使い、対照させて江陵は卑湿だという。明るいイメージと暗いイメージと対照させている。その落差が大きければ大きいほど、相手を思う気持ちが強く出るという、そういう仕掛けになっています。

中西　そういう中で、いま一つ分からなかったのが、「渚宮」なんです。これは要するに湖岸の近くの宮殿というぐらいの意味ですか。

石川　これは昔の楚《そ》[*6]の国の宮殿の名前なんです。実際に渚に宮殿があるわけではなくて、昔、楚の宮殿があったところという意味なんです。江陵というのは今の荊州《けいしゅう》です。昔は郢《えい》っていう地名で、楚の都だったんです。

中西　その「東面」は「煙波冷ややかに」なんですが、東側に水があるというのは、具体的なロケーションなんでしょうか。つまり、これはもう必然的に土地柄から決まってしまうのでしょうか。そうだとすると、それと対になって自分のところが出てくるんですが、なぜ「浴殿の西頭」なんだろう、これが疑問なんです。

石川　詩人は無意味なことばの使い方はしないと思うんです。東西南北四つあるうち、東と西を使ったのには意味があると思います。

中西　地理的にはどうですか。長安と江陵というのは東と西に向かい合っていますか。

石川　西北と東南ですね。だから、君は東にいる。だから東の方に向いている。自分は西にいるから西の方、こういうことになるのかな。

中西　反対でしょう。それだと背中を向け合っていることになります。

石川　それもそうだな。単に、元稹は東にいるから「東面」といい、自分は西にいるから「西頭」といったまででしょうかね。

*6　春秋・戦国時代、長江中流域を領有した強国。紀元前二二三年、秦《しん》に滅ぼされた。

中西　あるいは背中を向けているから、かえって距離感があるということでしょうか。

石川　あるいはこうかも分からない。満月は東から出るでしょう。出たときの情景を君は見ている。僕は沈むときだ。

中西　それはおもしろい。同時じゃないんですね。

石川　そうですね。君の方は満月を昇るころに見ているだろうけど、自分は今はもう満月が中点を過ぎて西の方に偏っている。これは宮中生活と田舎の生活の対比ということにもなりますよ。宴会も終わるころになると、夜も更けています。君の方はそういうことがないから、月の出端から見ているだろう。これは新しい解釈です（笑）。

中西　おもしろいです。新鮮ですよ。

石川　今一つすっきりしないところもありますが、すぐ後に「鐘漏」、水時計が出てきますから、時間を絡めるのは一つの解釈かもしれません。

潤っている詩人の心

中西　この「鐘漏深し」も考えるべきことばじゃありませんか。「深い」という言い方ですが。

石川　夜が更けているんでしょうかね。
中西　夜が更けていることを「鐘漏が深い」というんですから、ちょっと飛躍があります。
石川　それはそうですけど、いっている心は、夜が更けてきたということじゃないでしょうかね。何か考えられますか。
中西　いや、いや。ないんですけれども、鐘漏が夜の闇の中に深々と沈んでいるとか、それで向こうは煙波が冷ややかで、こちらは夜の闇が覆っているとか……。
石川　これはやっぱり音だと思うんです。「鐘漏」というのは水時計で、水がある程度たまるとチーンと鳴るんだと思うんです。その音が、深い闇の中に響く……。
中西　今ふと気がついたんですが、「鐘漏」も「煙波」も水。「渚宮」と「浴殿」も水ですね。
石川　水で攻めたか。水は水でもお前さんの方は昔の宮殿の跡だよ。こっちは銀台金闕の宮殿だよ、そういうことかな。
中西　水がすごく効いていますね。「清光」の「清」もさんずいですしね。「沈」「渚宮」「煙波」「浴殿」「深し」「清光」「卑湿」……、さんずいの漢字が多いですね。

石川 そうだな。水が多いな。

中西 ふつうに考えて、さんずいの漢字って、こんなに多いんですかね。

石川 そうですね。意識していますかね。

中西 無意識でも、何か水というものに心が浸されているという……。

石川 そこまで読めるかな。

中西 何かひたひたと、夜の水に浸されている詩人の心。そういうイメージは出てくるんじゃないでしょうか。

石川 それはいえると思います。乾いた感じじゃない。潤っているんです。

中西 そうですね。遠く離れた親友を思ってしめっぽくなっているのかもしれませんね。なにせ『源氏』になると、「故人」は藤壺や柏木で、死の世界まで行っちゃうんですから（笑）。

第五章　友情の詩

黄鶴楼送孟浩然之広陵　李白《りはく》

黄鶴楼《こうかくろう》にて孟浩然《もうこうねん》の広陵《こうりょう》に之《ゆ》くを送《おく》る

故人西辞黄鶴楼　故人《こじん》　西《にし》のかた黄鶴楼《こうかくろう》を辞《じ》し
烟花三月下揚州　烟花《えんか》三月《さんがつ》　揚州《ようしゅう》に下《くだ》る
孤帆遠影碧空尽　孤帆《こはん》の遠影《えんえい》　碧空《へきくう》に尽《つ》き
唯見長江天際流　唯《ただ》見《み》る　長江《ちょうこう》の天際《てんさい》に流《なが》るるを

《通釈》わが友は、西の黄鶴楼に別れを告げて、花がすみの三月に、揚州へと下っていく。ぽつんと浮かんだ帆掛け船の姿が青空に消えて、後にはただ、長江の流れが天の果てへと流れていくばかり。

李白の尊敬する先輩

石川　さて、前回は秋の詩を読んで、最後に美しい友情の詩に至りましたので、今回はその友情をテーマに、詩を見ていきたいと思います。最初は、李白の作品です。この詩の舞台は今の武漢《ぶかん》。今の武漢は、武昌《ぶしょう》と漢口《かんこう》と漢陽《かんよう》の三つの町が合わさっていますが、その長江右岸の武昌地区にちょっと小高いところがありまして、その上に黄鶴楼という楼閣が建っていました。今は近

李白　四〇ページの作者紹介を参照。

くの別の丘の上に鉄筋コンクリートの黄鶴楼が建っています。その黄鶴楼で孟浩然の送別会をやったわけです。孟浩然はこれから揚州へ行く。揚州という都は、今日ではそれほどではないんですけれども、当時は運河沿いの一番にぎやかな町として知られていたんです。しかも、大きくいったときには、いわゆる江南地方に含まれますから、自然条件に恵まれています。そういうところへ春、花がすみの三月に下っていくという、その非常に華やかな、うららかな感じをバックにして、帆掛け船が一艘、孟浩然を乗せて下っていく、その対照。そして、水平線のかなたに白帆が消えるまで、ずっと見送っているという描き方。そこに長江の水とともに、尽きることのない別れの悲しみが嫋々《じょうじょう》として伝わるというので、昔から送別詩の最高傑作といわれています。

中西　李白は孟浩然のことを「故人」、古なじみといっていますが、この二人はどういう関係なんですか。

石川　この詩が作られた当時、李白は三十七、八歳、孟浩然は五十にかかるかという年齢です。どこでどう知り合ったか知りませんが、尊敬する先輩という感じです。

中西　この詩からは、年齢的には全く対等のように読み取れるんですが。

石川　李白の孟浩然に対する詩はほかにもあって[*1]、その中に「我は愛す孟夫《もうふう》

＊1　五言律詩「孟浩然に贈る」。

子《し》」という句があるんです。「孟夫子」は、孟先生。ですから相手を尊敬してることは明らかです。そして最後に「清芬《せいふん》に揖《ゆう》す」、清らかな香りにお辞儀をいたします、こういう句があるんです。ですから孟浩然を先輩として尊敬してたんじゃないかなと考えられるんです。

中西　そうすると、尊敬している偉い人から取り残された、というふうに読む方がいいんでしょうか。

石川　その寂しさと、これから気の毒に花の揚州へ行って何をなさるのかと、先輩の身の上を思いやる気持ちですね。

中西　それが「孤帆」ですね。

石川　孟浩然は、官僚として就職することができずに、不遇の生涯を送ったんです。ですから、肩をすぼめて、しょんぼり行かれる。そういう気持ちが出てるんじゃないかと思います。

黄鶴楼の伝説

中西　黄鶴楼には、仙人がやってきて黄色い鶴に乗って立ち去ったという有名な伝説がありますよね。*2 李白が孟浩然を尊敬していたとしますと、その伝説をダブルイメージとして持ってきて、仙人のような立場に孟浩然を置くと

*2　崔顥《さいこう》の七言律詩「黄鶴楼」に見える伝説であるが、その典拠には諸説がある。

いったような気持ちはあるんでしょうか。

石川　それはちょっと難しい問題ですね。雰囲気づくりになってるとは思います。しかしここではやはり、「孤帆」が非常に効いていると思うんです。ぽつんと孤独な姿で去っていく。ですから仙人世界へ行くというイメージは、あまりないいんじゃないか思います。

中西　でも、あえて詩の中に「黄鶴楼を辞し」と書いてありますよね。やっぱりただ単なる建物とか、場所とかということではなくて、そういう故事のあるところという意味で、この「黄鶴楼」ということばが用いられている。そんな見方はできますか？

石川　もちろんです。どうでもいい地名だったら、読み込まない。その雰囲気を生かそうとはしてるんじゃないでしょうか。

中西　「碧空に尽き」ってありますでしょう。孟浩然は川を下っていくのに、あえて「碧空」という表現を選び取ったところは、どうなんでしょう。鶴に乗って空へと去っていった仙人を、意識しているとはいえないでしょうか。

石川　そうですね。これにつきましては、「碧山に尽き」というテキストがあるんです。そうしますと、青い山の向こうに消えたということになるんですけど、それがいいという人は少ないですね。やっぱりおっしゃったように、

「碧空」のほうがいい。青い空、水平線、そこをずっと白帆が行く、それを黄鶴楼にまつわる仙人のイメージと絡めることは無理ではないですね。そういえば、先輩の張説《ちょうえつ》*3が、梁六《りょうろく》という隠者を仙人めかして送った詩に、「心は湖水に随《したが》って共に悠悠」といって、水の広がりとともに惜別の情がただよう句がありますね。

群集の中の孤独

中西　それからもう一つ、仙人とは違うんですけども、おっしゃったように、揚州という華やかな都に向かって「孤帆」が消えていって、あとに残っているのは天際に流れている水だけ。ここで、全く別の世界に去ってしまったという絶望感と同時に、向こうの世界は華やかで楽しく、まるで何か神仙の世界のような、何か人間世界とは違うものだみたいな……。

石川　そうですね。どうしても孟浩然の境遇を考えてしまうものですから。彼はこの年になるまでまともな就職もできないで、それで何しに行くかということになると、やはり人を頼っていくということになると思うんです。そこでやはり「孤」という字が、非常に効いてくる感じがするんですよ。

中西　「烟花三月」なんていいますと、華やかなイメージで取ってしまって、

*3　盛唐の詩人（六六七～七三〇）。引用の詩は、七言絶句「梁六を送る」で、全文は、「巴陵《はりょう》一望洞庭《どうてい》の秋、日に見る孤峰《こほう》の水上に浮かぶを。聞くならく神仙接《まじ》わるべからず、心は湖水に随って共に悠悠」。

就職運動とは少し違うような気がします。
石川　わたしは、本人の孤独な様子を際立たせるために、わざとそういう雰囲気づくりをしてるんじゃないかと、解釈してるんですけどね。
中西　「群集の中の孤独」みたいなことですね。詩人って、そういうことに敏感ですよね。萩原朔太郎《はぎわらさくたろう》*4の詩にも、群集の中で自分だけがかえって孤独をかみしめているというのがあります。石川啄木《いしかわたくぼく》*5もそうです。詩人の魂に共通する認識のパターンがあって、それは群衆の中で孤独を特に強く感じるのかもしれませんね。
石川　ただ、今お話を伺っていて、そういう孟浩然の境遇を全然考えないとして、この詩だけを読むとすると、黄鶴楼という、仙人の伝説にまつわる楼閣で別れるということ、そして向こう側に違う世界があるんだということを強調すると、全然違う見方ができる可能性もあると思いますね。揚州といえば、女性もきれいだし、風景もいいし、お酒もおいしい。「揚州の鶴」*6という話があるんですよね。
　四人の男が集まって、自分の願望を述べたんです、最初の一人は、揚州の長官になりたいといった。次の男は、金持ちになりたいといった。もう一人は、鶴に乗ってみたいといった。すると最後の男は、「おれは腰に十万貫の大

*4　詩人（一八八六〜一九四二）。その散文詩「群集の中に居て」に、「孤独を寂しむ人、孤独を愛する人によって、群集こそは心の家郷、愛と慰安の住家である。」とある。

*5　歌人（一八八六〜一九一二）。その歌集『一握の砂』に、「ふるさとの訛なつかし／停車場の人ごみの中に／そを聴きにゆく」という歌がある。

*6　中国近世、民間に伝えられた話らしく、蘇軾《そしょく》の詩の注釈や、明《みん》代の伝奇小説『剪燈新話《せんとうしんわ》』などで触れられている。

金を付けて、鶴に乗って揚州に行くんだ」といったという話（笑）。

中西　先生、まさにそれじゃありませんかね、黄鶴楼を辞して行くんですから。

石川　そうか。でも孤帆がどうも気になってね（笑）。

中西　いや、固執するわけではないんですけども、鶴に乗って揚州に行くという故事があるんでしたら、黄鶴楼を辞して揚州へ行くという必然性がありますよ。

石川　そうね、確かにそういう考え方が成り立つとも思いますけど、この状況を目に浮かべると、大きな長江が流れていて、青い空があって向こうのほうに水平線が出てくる。ちょこんとした白帆が、だんだん、だんだん小さくなっていって、ふっと消える。そういう状況が頭に浮かぶんです。するとどうしても、孤独感というか寂しさというのが先に立って、華やかな舞台装置というものは、逆に作用していると、捉えちゃうんですね。

久しぶりの再会、そして別れ

中西　まあ、今回の新説は、ちょっと取り下げてもいいんですが（笑）、広大な中国大陸の別れというのは、銀座で別れるみたいなんじゃなくて、たとえ

＊7　王維の七言絶句「元二の安西に使いするを送る」の末尾の一句。全体は、「渭城《いじょう》の朝雨《ちょうう》 軽塵《けいじん》を浥《うるお》し、客舎《かくしゃ》青青《せいせい》 柳色新たなり。君に勧む 更に尽くせ一杯の酒、西のかた

ば「西のかた陽関を出《い》ずれば故人無からん」*7だって、一人で異国に行ってしまうわけでしょう。中国の惜別の詩の中には、孤独がまとわりついているような感じがありますね。

石川　この詩は、送別の詩の中では、今おっしゃった王維の「元二の安西に使いするを送る」と双璧といえるでしょうね。比較すると、季節は、こちらは晩春、向こうは早春。時間は、こちらは日中だと思いますが、向こうは朝。行く先は全然反対方向。だけど、どちらも別れの悲しみを非常にしみじみとうたっている点、双璧といえますね。

中西　そういえば『新唐詩選』*8にも、十年ぶりにばったり会ったけれど、別れたら二人は別々の方向へ行くだろうという詩がありましたね。

石川　「馬首　何《いず》れの処にか向かう、夕陽《せきよう》　千万峰《せんまんぽう》」*9というやつですか。

中西　別れてしまったら会えないだろうと、いかにも中国らしい感じだと、三好達治*10が書いてましたね。昔読んだときに、広い大陸の中にごま粒みたいに人間がうずまってしまうんだ、と思いました。

石川　戴叔倫《たいしゅくりん》*11という人の詩にも、似たようなのがあります。故郷の友達と、夜ばったり会うんです。そこで「翻《かえ》って疑う　夢裏《むり》に逢うかと」というんですよ。その夢のような邂逅《かいこう》から、その翌日の朝には別れなきゃならない。「相《あい》留

陽関を出ずれば故人無からん」。

*8　吉川幸次郎・三好達治著（一九五二年刊、岩波新書）。唐詩の入門書として著名。

*9　中唐の詩人権徳輿《けんとくよ》（七五九〜八一八）の五言絶句「嶺上《れいじょう》、久しく別れたる者に逢いて、又別る」。引用部分は後半二句で、前半は、「十年　曾《かつ》て一たび別れ、征路　此に相逢う」。

*10　詩人（一九〇〇〜一九六四）。「雪」「乳母車」「甃《いし》のうへ」などの詩が有名。

*11　中唐の詩人（七三二〜七八九）。ここで取り上げられているのは、五言律詩「江郷《こうきょう》の故人、偶《たまたま》客舎に集う」（『唐詩三百首』所収）。

めて暁鐘《ぎょうしょう》を畏《おそ》る」、互いに引き留め合いながら、明けの鐘が鳴るのを恐れるといって結んでいます。

中西　中国大陸は広大ですから、似たような詩はたくさんあるんでしょうね。

石川　そうですね。久しぶりの再会と、それに続く別れ、というのはたくさんあります。杜甫にきわめつけの名作がありますから、次はそれを読んでみましょうよ。

贈衛八処士

人生不相見
動如参与商
今夕復何夕
共此灯燭光
少壮能幾時
鬢髪各已蒼
訪旧半為鬼
驚呼熱中腸
焉知二十載
重上君子堂
昔別君未婚
男女忽成行
怡然敬父執
問我来何方
問答未及已

衛八処士《えいはちしょし》に贈《おく》る　　　杜甫《とほ》

人生《じんせい》　相見《あいみ》ざること
動《やや》もすれば参《さん》と商《しょう》との如《ごと》し
今夕《こんせき》　復《ま》た何《なん》の夕《ゆう》べぞ
此《こ》の灯燭《とうしょく》の光《ひかり》を共《とも》にす
少壮《しょうそう》　能《よ》く幾時《いくとき》ぞ
鬢髪《びんぱつ》　各《おのおの》已《すで》に蒼《そう》たり
旧《きゅう》を訪《と》えば半《なか》ばは鬼《き》と為《な》る
驚《おどろ》き呼《よ》んで中　腸《ちゅうちょう》熱《ねっ》す
焉《いず》くんぞ知《し》らん　二十載《にじっさい》
重《かさ》ねて君子《くんし》の堂《どう》に上《のぼ》らんとは
昔別《むかしわか》れしとき　君《きみ》　未《いま》だ婚《こん》せざりしに
男女《だんじょ》　忽《たちま》ち行《こう》を成《な》す
怡然《いぜん》として父執《ふしつ》を敬《うやま》い
我《われ》に問《と》う　何《いず》れの方《かた》より来《き》たれるかと
問答《もんどう》　未《いま》だ已《や》むに及《およ》ばざるに

杜甫　五二ページの作者紹介を参照。

駆児羅酒漿
夜雨剪春韮
新炊間黄粱
主称会面難
一挙累十觴
十觴亦不酔
感子故意長
明日隔山岳
世事両茫茫

児《じ》を駆《か》って酒漿《しゅしょう》を羅《つら》ぬ
夜雨《やう》に春 韮《しゅんきゅう》を剪《き》り
新炊《しんすい》に黄粱《こうりょう》を間《まじ》う
主《しゅ》は称《しょう》す 会面《かいめん》難《かた》し
一挙《いっきょ》に十觴《じっしょう》を累《かさ》ねよと
十觴《じっしょう》も亦《ま》た酔《よ》はず
子《し》が故意《こい》の長《なが》きに感《かん》ず
明日《みょうにち》 山岳《さんがく》を隔《へだ》つれば
世事《せいじ》 両《ふた》つながら茫茫《ぼうぼう》たり

《通釈》人間というものは、どうかすると参星と商星のように、顔を合わせないで隔たってしまうものだ。今晩はいったいなんという夕べなのだろう、この灯火の光を君と共にすることができるとは。若くて盛んな時はどれくらい長いというのか、二人とももうごま塩頭になってしまった。昔なじみのことを尋ねてみると、半分はもう死んでしまったと聞いて、驚いて叫ぶたびに、お腹の中が熱くなってくる。思いがけないことだ、二十年経って再び君の座敷に上がろうとは。昔別れたときには君はまだ独身だったのに、今は息子や娘がぞろぞろいる。子どもたちはお父さんの友だちを敬って、どこからおいでになりましたか、と尋ねた。そのご挨拶が済まないうちに、君は子どもをうながして、酒や飲み物を並べさせる。夜の雨の中で摘んだ春のニラ、炊いたばかりのごはんには、黄色いあわが混じっている。君は、いつまた会えるかわからないから十杯も飲んでくれ、という。私は十杯飲んでも酔いやしない、君の変わらぬ気持ちに感動したのだ。明日また山の向こうへと別れてしまえば、世の中のことも人生のことも、どうなることかわかったものじゃない。

事柄をものがたる詩

石川　この作品は杜甫がまだ宮仕え中の作品です。作られた場所も、だいたい長安と洛陽《らくよう》との間あたりではないかと想像されますけれど、詳しいことは分かりません。「処士」というのは宮仕えをしていない人のことで、今でいう清貧の生活を送っている衛八君の家を、二十年ぶりに訪ねた。そこで、衛八君の清貧な暮らしぶり、そして衛八君と杜甫とのしみじみとした友情がうたわれてるんですよね。こういうような詩は、前例がないと思います。非常に優れた詩だと思いますね。

中西　いい詩ですね。

石川　いい詩でしょう。わたしの大好きな詩です。

中西　前例がないというのは、こういう構成が全くないということですか、それともこういう気持ちのしみた詩が全くないということですか。

石川　両方ですね。

中西　私には、びっくりするぐらい珍しい詩に思えるんです。とにかく漢詩というのはコンパクトに、だけど気持ちを述べるというのが主ですよね。でも、この詩は事柄をずっと述べています。事柄を述べる詩というのは、珍しくはないんですか。

石川　その点に関しては、源かなと思われるものがあるんです。その一つは、後漢の末ごろの王粲《おうさん》＊1の「七哀詩《しちあいし》」という作品です。当時、彼は長安にいたんですけど、あそこは董卓《とうたく》＊2が荒らしましたから、南の荊州《けいしゅう》へと逃げるんですが、その途中、子連れの母親が子供を草むらに捨てているのを目撃するんです。「路《みち》に飢えたる婦人有り、子を抱きて草間《そうかん》に棄《す》つ。顧《かえり》みて号泣の声を聞くも、涕《なみだ》を揮《ふる》いて独り還《かえ》らず」。捨てられた子供がお母ちゃん、お母ちゃんといって泣いてるけど、母親は涙をふいて逃げていく。そういう場面を淡々と挟んだ詩なんですけど、それによって、王粲が戦乱を避けて南へ逃げるという状況が、非常にリアルになっているわけです。

それから同じ時代に、孔融《こうゆう》＊3という詩人がいるんですが、この人には久しぶりで出張から帰ってきたら、子供が死んでいたという詩があるんです。「門に

＊1　魏《ぎ》の曹操《そうそう》父子に仕えた詩人（一七七〜二一七）。「七哀詩」（『文選』巻二三、哀傷所収）は三首から成る連作で、ここで触れられているのは、「其の一」。

＊2　後漢末の政治家（？〜一九二）。強力な軍隊を背景に政治の実権を握り、暴虐の限りを尽くした。

＊3　後漢末の詩人（一五三〜二〇八）。ここで触れられているのは、「雑詩」と題する五言古詩（『古詩源』巻三、漢詩所収）。

入りて愛子を望むに、妻妾は人に向かいて悲しむ」というんですね。そして、子供のお墓にお参りするというような場面を淡々と述べて、それによって乱世というものを浮き彫りにするような効果があるんです。これは杜甫にもまねした詩があります。幼な子が死んでしまったという詩がね。[*4] こういう手法はすでにあるんです。状況はかなり違いますけどね。こちらは、友人を訪ねて、その家で起こった何ということでもない場面、ほのぼのとした家庭の暮らしをうたっているんですから。

時間というテーマ

中西　今のお話を伺って思うんですけども、この詩は、時間というのがテーマですね。事柄が書いてあるというのと同じなんだけども、時間がテーマという点で違う。最初、今というのがあって、それがふわっと二十年前に移っていく。例えば映画でいえば、ゆらゆらと揺らめきながら、モンタージュ手法というやつで過去に戻っていく。その過去というのが、今、目の前にいる衛八君の子どもたちと重なってくる。つまり、子ども時代に二人は友だちだったわけでしょう。ですから、現在と過去と時間とが二重写しになっている。そういう意味では、すごく感動的な感じがしました。こういうものは他には

＊4　「京より奉先県に赴く詠懐五百字」という長い詩の終わりの方に、「門に入れば号咷《ごうとう》（泣き叫ぶ声）を聞く、幼子餓《う》えて已《すで》に卒《しゅっ》すと」とある。

全くないんでしょうかね。

石川　ないですね。

中西　そしてまた、その二重写しの部分が、ものすごくリアルな細かいところまで描写してますよね。

石川　そうです。真ん中の二段あたりは、本当に映画的というか、その場面がありありとして迫ってきますよね。

中西　セピア色でね(笑)。子供がわっと出てきて、あいさつをして、さあさあ行きなさいとかいっている。それもここはサイレントにしておいて、しかしそこにことばがふんだんにある……。やっぱりすごい出来なんですね、この詩は。

石川　これはわが国のほうには、あまり影響はないですか。

中西　感じたことはありません。

石川　そうですか。

中西　詩という形式で、こういうことをやってるということが、驚きでしたね。文章に書けば、どうということないわけですが、詩でやると違う。

杜甫の独壇場

中西　それにこの詩は、首尾照応がよくできてますね。最初は、「人生　相見ざること、動もすれば参と商との如し」。最後は、「明日　山岳を隔つれば、世事両つながら茫茫たり」。それは非常に観念的、哲学的なんですが、それを哲学としては語らないで、一個の人間の歴史として語っているわけです。それがまたすごいと思うし、その過去が、実は現在の衛八君の家庭的に豊かで楽しい生活に重なってくる。

石川　そのあたりを見る上でも、全体を少し詳しく見ておきましょう。出だしは「人生　相見ざること、動もすれば参と商との如し」。人生というものは、まるでオリオンの三つ星とアンタレスのように、なかなか会わないもんだ。「参」はオリオン座の三つ星、「商」はさそり座のアンタレス、この二つは同時に天空に現れることがないので、掛け違ったことをいうたとえになっています。古く『左伝』にもすでに例があります。*5 次の「今夕　復た何の夕べぞ、此の灯燭の光を共にす」は『詩経』です。*6 この灯の光を共にすることができて、今日は何というすばらしい夜だ、という詠嘆の気分が出ている句です。続いて「少壮　能く幾時ぞ、鬢髪　各已に蒼たり」。若いときはたいして長く続くものじゃない、髪の毛がお互いにごま塩になったな、というんですが、「蒼」

*5　『春秋左氏伝』昭公八年に、昔、帝嚳《こく》の二人の息子が仲が悪かったので、二人を引き離して、それぞれに参星と商星をつかさどらせた、という話が見える。

*6　諸国の民謡を集めた「国風」の「唐風」に収められた「綢繆《ちゅうびゅう》」に、「今夕何の夕べぞ、此の良人を見る」とある。

とは、黒髪に白いものが混ざっているのを指すことばです。
　ここまでは普通のうたい方なんですが、その次の二句、ここからぐっと人を引き付けるところがあります。「旧を訪えば半ばは鬼と為る」。誰君はどうした、誰君はどうしたというふうに昔なじみの名前を挙げていくと、半分はもう死んでいるというんです。

中西　このときの杜甫は、いくつぐらいなんですか。

石川　四十七、八ですね。当時としてはもう老年ですから、友だちも半分ぐらい死んでても不思議はない。そして「驚き呼んで中腸熱す」。ああ、誰君も死んだか、あれも死んだかというときに、その名前を口にすると、おなかの中がかっと熱くなる。曹丕《そうひ》に＊7「我が中腸を断絶す」という句があるんですけれども、この「熱す」が非常に適切で、読者を引き込むところがあると思います。
　次の「焉くんぞ知らん二十載、重ねて君子の堂に上らんとは」、ここで、二十年前のことを思い出すんです。「君子の堂に上る」といっているのは、二十年前にはその堂の上にはご両親がおられたわけですね。そしてこのご両親はすでにお亡くなりになってるということが言外に分かります。「昔別れしとき　君　未だ婚せざりしに、男女　忽ち行を成す」。そのときに君はまだ結婚し

＊7　三国魏の文帝（一八七～二二六）。その「雑詩」に、「風に向かいて長歎息《ちょうたんそく》し、我が中腸を断絶す」という句がある。

てなかったのに、今では息子や娘がぞろぞろ行列して出てきて、「怡然として父執を敬い、我に問う 何れの方より来たれるかと」。にこにこしながら、お父さまのお友だちということで、行儀よくご挨拶をする。「父執」というのは父の友だちという意味です。そしてどちらからおいでになりましたかと、ごあいさつをするわけですが、一方衛八君のほうは久しぶりの邂逅に気もそぞろ、「問答 未だ已むに及ばざるに、児を駆って酒漿を羅ぬ」。そんなあいさつはどうでもいいから、さあさあ、といって、子供たちを促して酒の用意をさせる。この辺がまことに生き生きと描かれてるんですが、こういう場面の描き方はもう杜甫の独擅場です。

春のニラの発見

石川 その次の二句が実はこの詩の一番の眼目です。「夜雨に春韭を剪り、新炊に黄粱を間う」。今、外は夜の雨がしっとりと降っている。これが、二十年ぶりの友人との邂逅の舞台装置として非常に適切なんですね。その雨の夜、庭へ出て春のニラを摘んでくる。清貧ですから、酒のさかなに特別なものを用意しているわけじゃない。そこで庭先のちょっとした菜園のニラを摘んできて、それをお浸しかなんかにして食べるというんです。いや、この「春韭」

には驚きますよ。こういうものをよく見つけたと思います。

中西　「韭」ということばが、詩語の歴史の中で特別なんですか。

石川　特別ですね。詩には出てこないことばです。漢代の挽歌にオオニラがうたわれている例があることはあるんですが、状況はまったく異なっていますから、[*8]やはり杜甫が初めてだと思います。

中西　ニラなんてどこにもありそうで、極めて世俗的なものですけども、詩というのは、やっぱりどこかでそういうものを切り捨てて成り立っている世界なんでしょうか。

石川　それもありますし、まだそこまで気が付かなかったのかもわからないですね。杜甫が初めて気が付いて以後は、こういうものに目が行くようになったということはいえると思うんですね。よく杜甫は宋詩の先取りをしたというのは、これなんですよね。宋の時代の詩は、こういう日常性の中から題材を見つけて、しみじみとうたっているものが多くなっていきます。

中西　違ってるかもしれませんけど、和歌は例えばニラなんていうものは、一切うたわない。カラスもうたわない。ところが俳諧になると、芭蕉はタニシをとるカラスもみんな題材だといって居直るわけです。[*9]その後、カラスだのタニシだのが詠まれるようになっていきます。

＊8　「薤露《かいろ》の歌」という挽歌に「薤上の露 何ぞ晞《かわ》き易き」という句がある。「薤」は、オオニラ。

＊9　芭蕉の弟子であった土芳《とほう》（一六五七〜一七三〇）の俳論書『三冊子《さんぞうし》』（一七〇二［元禄一五］成立）に「又いはく、『春雨の柳は全躰《ぜんたい》連歌也。田にし取る烏は全く俳諧也。』」とある。

石川　確かに、似通うところがありますね。

中西　そういう意味では、杜甫はこの詩で伝統を破ってるわけですよね。

石川　そうですね。

中西　ところが最初のほうでは『詩経』のことばなんかを使ってる。伝統から始まりながら、途中からそれをがらっと破るという構成にもなっているのでしょうか。

石川　そうですね。ただ、『詩経』の世界にはいろんな植物が出てきますよね。オオバコだとか、アサザだとか、植物がいっぱい出てきます。

中西　それは『万葉集』と同じですね。『古今集』以降とは全然違って、生活的なものがたくさん出てきます。

石川　だからむしろ、伝統を破ったというよりも、『詩経』のそういう世界を翻案したところがあるんじゃないですかね。

黄色いきびごはんのイメージ

石川　話を戻しますと、「新炊に黄粱を間う」。何にもごちそうはないんだけれども、せめて炊きたてのご飯。そのご飯はというと、黄色いきびごはんなんです。この「黄粱」ということばには、実は「范張鶏黍《はんちょうけいしょ》」という友情にまつわる故事があって、この一句には、友情のイメージが漂ってるんです。

後漢の時代の話ですが、范式《はんしょく》という人が洛陽《らくよう》の大学で勉強を終えて、いよいよ国へ帰ることになったんです。そのときに同じく故郷に帰る学友の張劭《ちょうしょう》という人に、来年の九月九日の重陽《ちょうよう》の節句の日に、君のご両親にごあいさつをしに行きます、待っててください、と約束をしたんです。

その九月九日になって、張劭の家ではもてなしのために、鶏をつぶし、きびごはんを炊いて待っていたんです。もともと「鶏」と「黍」ということばは、孔子の弟子の子路《しろ》を隠者が泊めたとき、鶏を殺しきびごはんを食べさせた、という話[*10]に基づきます。鶏は農家の最高のごちそう、きびごはんも農家の精いっぱいのごちそうなんです。ところが范式は来ない。夜まで待ったけど来ない。親はもう来ないから食べよう、というんだけれど、張劭は、いや、絶対来ます、といって待っていた。そうしたら日付が変わるころになって、范式が現れたんですね。その現れようがこの世のものとも思われないような様子なんです。そして、あれから自分は無実の罪で捕らわれて牢屋に入れられてしまった、そこで君との約束を守るために死んでやってきたんだ。こういうとすっと消えたというんです。

中西 その話は、『雨月物語』[*11]の「菊花の約《ちぎり》」のテーマですね。

＊10 『論語』微子《びし》編に見える。

＊11 江戸時代中期の読本作者・上田秋成（一七三四〜一八〇九）の怪奇小説集。一七七六（安永五）年刊。

石川　そうです。もとは『後漢書』[*12]にあるんです。後に『蒙求』[*13]に採られて、有名になりました。

中西　それを上田秋成は怪しげなところだけ取って、仕立て直したんでしょうが、ここではそうじゃなくて、「黄粱」の方に重点があるというわけですね。

石川　何気ないんですが、夜という暗いイメージと黄色い色のほかほかのごはんの取り合わせ。これが大変な効果を上げていると思います。清貧な暮らしの中にも温かみのある雰囲気が出てると思います。

　さて、この二句は前にくっつくと同時に後にくっついていきます。「主は称す会面難し、一挙に十觴を累ねよと」、主人である衛八君は、また会うことは難しいから、さっと十杯も飲んでくれと、こういう。「十觴も亦た酔わず、子が故意の長きに感ず」、十杯飲んでも酔えません、君のわたしに対する気持ちの熱いこと、つくづく感じます。「長」は韻の都合で使われている文字で、意味としては「熱」です。「明日山岳を隔つれば、世事 両つながら茫茫たり」、明日になって別れてしまえば、もうお互いの人生、どうなるか分からない。こういうふうに結んでいるわけですが、構成の仕方も非常に工夫がしてあるし、真ん中に山を持ってきて、しかもその部分の描写が非常に生き生きとしてる、杜甫の最高傑作といってもいいと思います。

＊12　南朝宋の范曄《はんよう》の著。後漢の歴史を記した書物。

＊13　唐の李瀚《りかん》の著。古人の逸話を初学者向けにまとめた書物。なお、「范張鶏黍」の話は、『後漢書』や『蒙求』以外にも、さまざまなバリエーションが伝えられている。

人生の原点の再発見

中西　この詩で描かれているように、子供がたくさんいたり、ニラを摘んできてお酒を飲むとか、黄粱をまじえて飯を炊くとかいうのは、いかにも処士的な生活の態度なんでしょうか。

石川　そうですね。

中西　そうしますと、こういう、貧しいけども家庭の愛に恵まれているような幸福感というようなものは、この詩を作った当時の杜甫にはあるんですか、ないんですか。

石川　杜甫は比較的晩婚だといわれてますが、やはりいい家庭があったようですよ。長男、次男ははっきりしてますし、そのほかに娘もいた。先ほど触れたように、幼な子が一人死んだというような詩はありますが。

中西　でも、杜甫はこのとき、宮仕えをしていたんですよね。やっぱり役人だということは、「五斗米《ごとべい》のために」[*14]何かをしなきゃいけない、というふうなところはありませんか。

石川　それはあると思うんですよ。というのは、役人というのは、家族だけで生活してるんではないんですよ。それ相応の召し使いもいるし、用をする下役もいますからね。そういうものをひっくるめて日常生活が動いてるわけ

*14　『宋書』陶潜伝に、陶淵明が官職を辞して郷里に戻る際に、「我五斗米の為に腰を折りて、郷里の小人に向かう能《あた》わず」といったという話がある。

ですから、単純な清貧の生活とは違うはずです。

中西　杜甫の子供のころは、衛さんのようなこういう生活ではなかったんですかね。もっと上等ですか。

石川　お父さんも一応、役人でしたからね。処士ではないですね。ただし下級官僚ですから、生活はそれほど豊かではないんです。貴族階級の中では最低の暮らしじゃないですかね。

中西　それでは全く自分の衛少年と杜少年とのような風景ではないんですね、これは。つまり子供のころの風景をそのまま再現してるみたいなものではないんですね。

石川　いや、やっぱりそうじゃないですか。衛八君は今は処士ですけど、お父さんは多分役人で、杜甫の家と同じぐらいの階層じゃないかと思います。

中西　そうすると、杜甫はこういう雰囲気を前にして、自分の生活から失われてしまったものを思い出している、そういうことはありますか。

石川　それはあると思います。当時の杜甫は経済的にそんなに恵まれていたわけではありませんが、一応、官僚でしたから、春のニラを剪るような生活ではなかったと思うんです。原点を再発見したような喜びがあるんじゃないんですかね。

中西　今でたとえると、冷蔵庫からキャビアを持ってきて高級ブランデーを飲む生活と、ニラでどぶろくを飲む生活。どぶろくの方が本当だという実感ですね（笑）。

石川　さて、その実感を確認したところで、そろそろ次の詩に移りましょうか。だいぶ長い詩を読みましたから、今度は短い詩にしましょう。

秋夜寄丘二十二員外

韋応物《いおうぶつ》

懐君属秋夜
散歩詠涼天
山空松子落
幽人応未眠

秋夜《しゅうや》 丘二十二《きゅうにじゅうに》員外《いんがい》に寄《よ》す
君《きみ》を懐《おも》うは秋夜《しゅうや》に属《ぞく》し
散歩《さんぽ》して涼天《りょうてん》に詠《えい》ず
山空《やまむな》しうして松子《しょうし》落《お》つ
幽人《ゆうじん》 応《まさ》に未《いま》だ眠《ねむ》らざるべし

《通釈》君のことを思っている今は、ちょうど秋の夜。そぞろ歩きをしながら、涼しく広がる天に向かって詩を吟じている。山の中には人気がなくて、松がかさっと落ちた。ひっそりと住む君も、きっとまだ眠っていないだろう。

秋の夜、松かさの音

石川　この詩は短いですが、非常に簡単なことばの裏に深いものをうたおうという詩です。うたわれているのは、秋の夜にふと丘さんを思い出した、という簡単なことですが、シーンとした山に、かさっと、松かさの落ちる本当に小さな音がして、それがきっかけになって相手のことを思う、そこがおもしろいわけです。

韋応物　中唐の詩人（七三七?〜七九一?）。田園の風物を好んでうたった。

中西　まずは素朴な質問なんですけども、「秋夜に属する」というのはどういう意味なんですか。本当に夜なんですか。それとも、まさに秋のしかも夜というのが一番ふさわしい、そんな意味ですか。

石川　この「属」という字は、こういう使い方は普通の詩にはあまり出てきませんけども、いうなれば、君を思っている今はちょうど秋の夜である、というような意味ですね。

中西　そうすると、「散歩」は夜の散歩、「涼天」も夜の空、松かさも夜の中で落ちた、そういうことになるわけですね。でも、ロッキー山脈あたりに生えてる大きな松の松かさならともかく(笑)、かさっと落ちるような小さな松かさが、夜、見えるものでしょうか。

石川　漢詩では、夜、外に出ている場合、必ず月が出ているんです。月がなければ、外は真っ暗ですから歩けないわけです。「散歩して涼天に詠ず」といえば、月明かりの中で、涼風に吹かれながら、ぷらぷらと歩く。そのシーンとした山の中で、かさっと音がした。松かさが見えているわけではありません。その松かさの音を一つのきっかけにして、ああ、あの男はどうしてるかな、まだきっと眠らないいんじゃないかなと、心を通わせてるわけです。面白い詩ですよ、これは。

中西　「幽人応に未だ眠らざるべし」というんですから、やっぱり事実として夜なんですね。自分はまだ寝られないから、散歩している。幽人もやっぱり寝られないで何か物思いをしてるかなという感じですね。

「散歩」の効果

中西　夜の散歩というのは、ほかに例はあるんでしょうか。

石川　なくはないと思います。先輩で考えられるのは、王維でしょうね。秋の詩で取り上げた「竹里館」では、こうこうとした月の光に照らされて、ぽろんぽろんと琴を弾くというのがありましたよね。韋応物は王維に学んだところが大きいんです。「空山」という言い方なんか、明らかに王維じゃないですか。王維の「鹿柴」[*1]という詩に「空山人を見ず」という句があります。あの詩の雰囲気を取り込んでるんじゃないでしょうか。

中西　なるほど。

石川　この「散歩」ということばも、今われわれが使ってるより、もうちょっと精神的なものがあるんです。例えば「散髪」ということばがあって、日本では床屋さんのことをいうけど、中国では大違い。散らし髪、つまり手入れをしてないざんばら髪のことをいいます。ですから、この「散歩」も、何か

＊1　二一二ページを参照。

目的があって歩くんじゃない、ただ気ままにぷらぷら歩くんです。この「散」という字、味がありますね。

中西　「散髪」というのは、手入れ前なんですね。

石川　日本では全然違う意味に使ってますが、散らし髪ですからね。隠者の雰囲気になるんです。「散歩」にもそんなところがあって、だからこちらも隠者風、思い出してる相手も隠者風ということになるんです。

中西　その隠者風の「幽人」ですけど、このことばは一番ポピュラーに隠者を指すんですか。

石川　そうですね。奥深いところに暮らしてる人、別のことばでいえば隠者ですね。

中西　そうすると、「散歩」も今のお話でそうですし、「空山」もそうですし、なんかずっと同じようなことばを連ねて、ひたすら空白感みたいなものを強調しようとしてるんでしょうか。

石川　なるほど。そういうことでしょうね。王維の世界を継承しつつ、ちょっと工夫を付け加えたといいますかね。

中西　今のように、「幽人」も「散歩」も「松子」も、この詩はことばがすごいなという感じがするんですけども、韋応物という人は、ことばの力を感じさせる詩人ですか。

石川　その点も、やっぱり王維に非常に近いですね。意識的に継承するところがあるんじゃないでしょうか。ちなみに王維はこの人より三十歳いくつ年上です。

中西　やっぱり、あこがれてるところがあるわけですか。

石川　あると思いますね。

詩人たちの夜

石川　王維の世界というのは、たとえば「山居秋暝《さんきょしゅうめい》」*2という詩があるんです。「空山　新雨の後、天気　晩来《ばんらい》秋なり」と始まるんですが、シーンとした山にさっと雨が降って、その雨が上がった後、日が傾いて天の気配が秋めいてくる。その非常にさびさびとした秋の夕暮れの雰囲気の中で、さまざまな情景が繰り広げられるんです。松の葉ごしに月が出だす。泉から清らかな水が流れる。村の娘が洗濯を終わって帰ってくる華やぎもある。漁師は魚を釣って、船で帰ってくる。これが、王維の世界なんです。

中西　そうすると、王維は「たそがれの詩人」といっていいんですか。

石川　たそがれから夜にかけてですね。例えば「竹里館」、あれは「明月来た

*2　五言律詩。詩題の「秋暝」は、秋の夕暮れの意。

りて相照らす」というんですから、やっぱり相当高いところへ満月が昇ってこないと具合悪いんですね。

中西 そうすると、王維も韋応物も、「夜の詩人」といえそうな気がするんですが、ところで、夜、君を懐うという類型はあるんですか。

石川 ありますね。真っ暗な夜というのは少なくて、やはり月が出てるんです。月を見ると、それが鏡みたいになって相手が見える。前に取り上げた白楽天の「八月十五日夜」の詩、あれなんかもそうでしょう。月がこうこうとした夜に、月を媒介にして相手を懐ってるわけです。

中西 今思い出しましたのは、フランシス・ジャム[*3]というフランスの詩人がいて、直訳でいうと『多く夜がうたった……』という詩集があるんです。それはジャムが、例えば二十歳の夜とか、友人のミュッセが現れた夜とか、昔の夜々をたどりながら、自分の少年時代とか友だちとかを回想してる詩です。夜というものの持つ何かが、詩人の敏感な感覚に訴えて人を懐かしむ気持ちにさせる。そんなことが東西共通であるのかなと、今ふっと思ったんです。でも、中国ではそうではなくて、月が必ず媒体になっているんですね。

石川 そうですね。

中西 でも、それが詩の約束事になっているというわけではないんですね。

＊3 一八六八〜一九三八。田園の風物と素朴な人々の心情を詠った詩人。『多く夜が歌った……』は、『夜の歌』として三好達治が訳し、岩波文庫その他に収められていたが、現在では絶版。

石川　夜、人を懐う詩はたくさんあります。でも、この詩のように、松林の中を散歩しながら松かさの落ちる音を聞くなんていう前例は、ないと思いますね。

中西　夜ですから、窓に寄り掛かって懐うなんていうのが普通のような気がしますけども、散歩してるというのは、ちょっと面白いですね。

石川　そうでしょう。

中西　調べたことはないんですけども、詩に出てくる時間で一番多いのは、夕方じゃないかということを書いたことがあるんです。

石川　それは当たってるんじゃないですかね。漢詩でも、例えば陶淵明に「日入りて群動息《ぐんどうや》む」[＊4]という句があるんです。もろもろの動きが全部やむ、日が沈んで月が出るシーンとした時間、人を懐うんですよね。

中西　それが一番物思いをさせる時間。夜になると、もっと深刻になります。日が傾いているとか、光が失われたとか、そういうどこかにマイナスのある条件というものが、詩をつくらせるんでしょうかね。

石川　深刻に友人を思うといえば、夜をうたった詩ではないんですが、白楽天の友人の元稹の詩があります。次はそれを見てみましょうかね。

＊4　「飲酒」二十首の「其の七」の一句。「日入りて群動息み、帰鳥《きちょう》林に赴きて鳴く。嘯傲《しょうごう》す東軒《とうけん》の下《もと》、聊《いささ》か復《ま》た此の生を得たり。」と続く。

聞白楽天左降江州司馬　元稹《げんじん》

残灯無焔影幢幢
此夕聞君謫九江
垂死病中驚起坐
暗風吹雨入寒窓

白楽天《はくらくてん》の江州司馬《こうしゅうしば》に左降《さこう》せらるるを聞《き》く
残灯《ざんとう》　焔無《ほのおな》くして　影幢幢《かげどうどう》
此《こ》の夕《ゆう》べ　君《きみ》が九江《きゅうこう》に謫《たく》せられしを聞《き》く
垂死《すいし》の病中《びょうちゅう》　驚《おどろ》いて起坐《きざ》すれば
暗風《あんぷう》　雨《あめ》を吹《ふ》いて　寒窓《かんそう》に入《い》る

《通釈》消えかかった灯火は輝きはなく、影がゆらめいている。今夜、君が九江に左遷されたという悲報を聞いた。瀕死の病床で思わず起き上がると、暗い夜風が吹いて、雨が寒々とした窓辺に入り込んで来た。

元稹　中唐の詩人（七七九～八三一）。字は微之《びし》。白楽天との友情は「元白の交わり」として有名。

「八月十五日夜」のその後

石川　「八月十五日夜」の詩のところでもちょっと触れましたが、白楽天と元稹の友情は、お互いがやりとりしている詩がたくさんありますし、白楽天が出した「微之《びし》に与うる書」という手紙も残っていて有名なんです。「微之」というのは、元稹の字《あざな》なんですが、白楽天が左遷されたときに、彼が手紙をくれて、それへの返事なんです。その中で白楽天は「微之よ、微之よ」と呼び掛けてましてね。あれは本当に珍しい友情の手紙だということになってるんです。

中西　聞いたことがあります。

石川　そんなわけで彼らの友情はたいへん有名なんですが、前にもお話したように、二人は科挙の同期なんです。しかし、まず元稹が荊州《けいしゅう》へ左遷されます。そのときに白楽天が詠んだ詩が「八月十五日夜」の詩でした。ところがその後、白楽天も江州《こうしゅう》へ左遷されます。それを元稹は左遷先で聞くわけです。お互いが期せずして左遷の境遇になってしまうわけで、その悲しみ、驚きといったものがうたわれているのがこの詩なんです。

元稹はこのとき三十七歳、「垂死の病中」、死にかけの病気だといっていいます。でも、これは誇張で、前後の状況から見ると本当に死にかけてるわけではないんですが、読者に強く印象づけるために、自分を死にかけにしたんです。死にかけの病気のときに親友の左遷の報を聞いて、どんなに悲しんだか、どんなに驚いたかという、その悲しみ、驚きを強くうたおうとしたんだと思います。

中西　まだ読み込みが足りてないとは思うんですけど、あまり感動しなかったんですよ、この詩。要するに、左遷されたと聞いた、だから自分は病気だったけども驚いて座り直した、そしたら暗い風が雨を吹いて窓から入ってきた。それだけという感じがしまして、どうなんだろうと思ったんです。強いていえば、「残灯　焔無くして　影幢幢」というこの灯火が、一つの統一的なイメージを与える役割をしているくらいでしょうか。

石川　「幢幢」というのは不安定なようすですから、不気味な、不吉な夜のイメージですね。

中西　一番大事なのはそのイメージに代表される、そういう心境ですよという、それだけで、あとは事実がこうでしたという説明なんですね。

石川　おっしゃるように、この詩があまり人を打たないのは、説明になっているところがあると思うんですよね。それに、やや同方向の表現が多いかな。心理を落ち込ませるような「暗風」の「暗」だとか「寒窓」の「寒」だとか、そういうようなことばが多過ぎて、それが逆に情趣を削いでいるといえるんじゃないかと思うんです。詩というものは、あまりそういうことをいわないで、相手を感動させるものじゃないかと思います。

平易と俗の二律背反

中西　今のお話は、元稹や白楽天の詩が、だれにでも分かりやすいということと関係がありますか。

石川　ありますね。この詩なんかは、多分、典故がないと思います。ありのままの自分の気持ちだけをうたってるんでしょう。

中西　事実をそのまま伝えようとしているということですよね。ところが詩というのはそうじゃなくて、どういうことばでその事柄をとらえるかという、そこが大事だと思うんです。だれにでも分かりやすい彼らの詩風というのは、本来の詩とはちょっと違った方向じゃないかと思います。

石川　そうですね。彼らの登場する前は難解な詩が多かったですから、そういうことを主張するのは分からないではないんです。でも純粋な目で見ると、確かに彼らの行かんとしてる方向は、俗っぽいんですよね。ですから「元軽白俗」[*1]というようなことばで呼ばれても仕方がないところがあるんです。ただ、本人たちもそれは承知してるんじゃないかというふしもあるんです。それでもなおこういうやさしい詩をつくるぞ、という主張ですね。

中西　その主張は詩の歴史の中では非常に意味がありますけれども、一般の読者からすれば、感動さえさせてくれればいいわけです。そういう点では、ちょっと違うんじゃないでしょうか。

石川　感動させる前の準備というかな。例えば典故がいっぱいある詩だと、

＊1　北宋の文豪・蘇軾《そしょく》（二〇五ページの作者紹介を参照）のことば。元稹や白楽天の詩風は、軽薄で卑俗であるとの批判。

学問を要求されたりする。そうじゃなくてありのままを分かりやすくうたって、分かってもらおうということなんです。ただその結果として、ちょっと行き過ぎだなということはあるんですよね。

中西　彼らの詩は分かりやすいから、日本人もしきりにもてはやしたんだと思うんですが、私は分かりやすいだけじゃなくて、極めて和歌的だと思うんです。つまり、情に訴えてくるものがある。典故やなんかといったら、これは知識ですから、知には訴えるけど、情に訴えるものではありませんでしょう。そういうことはあるんですが、しかしそれは反面で、俗になることは免れないということでしょうか。

石川　そうですね。二律背反みたいなことですね。

詩人は他人を認めない

中西　ところで、彼らの詩風のことを「元白体」といいますでしょう、「白元体」じゃなくて。つまり当時の認識は「元」のほうが上なんですか。

石川　元稹の方がリーダーのタイプなんですね。元稹は早熟の天才で、非常に若いときから活躍してます。この詩を作ったときは三十七歳ですが、すでに二十年はやってます。一方の白楽天は、くっついていくタイプなんです。

年は元稹の方が七つも若いんですが、白楽天とは全く同等で、普通の社会の七つの違いというものはないですね。そして出世するのは、元稹が先。ですからどうしても、元稹が先、白楽天が後になるわけです。

中西　詩人としての今日の評価はどうなんですか。

石川　もちろん白楽天の方が完全に上です。わたしの考えですけど、似た詩を作ったのが悪かったと思うんです。例えば「長恨歌《ちょうごんか》」＊2によく似た「連昌《れんしょう》宮詞《きゅうし》」＊3という詩がある。「琵琶行《びわこう》」＊4によく似た「琵琶歌《びわか》」＊5というのもある。題材も同じで、形式もよく似てる。そうすると、どうしたって優劣が出てしまいます。

中西　それを元稹は気が付いてなかった？

石川　自分の方がうまいと思ってたんじゃないですか。詩人は他人を認めないんです（笑）。

中西　ということは、同時代人は元稹を評価してたんですか。

石川　いや、そうではないんですよ。白楽天の「長恨歌」は彼が生きてるときから評判になりましたから。でも、元稹は自分の方が劣ってるとは思ってない。だから、白楽天の『白氏長慶集《はくしちょうけいしゅう》』＊6という有名な詩文集がありますが、同様に『元氏長慶集』というのもあるんですよね。

＊2　白楽天の七言古詩。玄宗皇帝と楊貴妃の恋愛をテーマとした、全一二〇句からなる長編。中国のみならず、日本で最も愛唱された漢詩の一つ。

＊3　七言古詩。荒れ果てた宮殿を舞台にして、玄宗の治世を懐古した長編古詩。

＊4　九六ページの注7を参照。

＊5　七言古詩。管児《かんじ》という琵琶の名手の演奏を聴き、感激して作った長編古詩。

＊6　『白氏文集《もんじゅう》』ともいう。日本にも早くから伝来し、平安時代以降の文学に大きな影響を与えた。全七十一巻。

中西　それはどっちがまねしたんですか。

石川　多分元稹がいったんじゃないんですか。何でもリーダーですからね。

中西　怖いですね（笑）。

＊7　八ページの注13を参照。

＊8　東晋の詩人（三六八？〜四一二？）。

似た詩と違う詩

石川　杜甫と李白のように土俵が違うと、比較にならないんです。もし年が若くて後から行く杜甫が、李白と同じような詩を作ったら、これは駄目ですよ。李白の下に決まってる。だから杜甫は、李白を取り込んで違う詩を作ったんです。似たような詩で損をしてるというのは、昔からいくらでもありましてね。例えば古い話では、謝霊運《しゃれいうん》＊7の叔父で謝混《しゃこん》＊8という人がいるんですよ。この人の詩は今二つしか伝わらない。いくら古い時代の人でも、これは少ないですね。わたしにいわせますと、謝混の詩は、謝霊運に似てるんですよ。謝霊運の詩が有名になって、謝混の詩は忘れられたんだと思うんですね。

中西　しかも謝混のほうが先輩とか。

石川　叔父、甥ですからね。謝混が謝霊運たちをリードしたわけです。ですから謝霊運は、実は謝混の風を継いでるんです。でも謝霊運のほうが才能がありますから、叔父の作ったものを全部吸収しちゃったんですね。

中西　謝混は迷惑だったんでしょうか。

石川　いや、どうですかね。そうは思わなかったんじゃないですか。早く死にましたしね。

中西　早く死んで、良かったですね（笑）。

石川　それから王維と裴迪《はいてき》*9のケースもあります。裴迪という詩人は、王維の後輩でうんと若いんだけど、例の輞川荘《もうせんそう》*10で、二人は同じ景色を見ながら同じ題の詩を作ってるんです。ですから完全に比較できるわけです。そこで比べて見ると、若い裴迪のほうが詩が古いんです。才能の差が出てるんですよね。だから同じ土俵で歌をうたうときには気をつけなきゃいけないんです（笑）。

中西　私たち研究者にとっても、いろいろ示唆深いお話ですね（笑）。

石川　日本でいくと、定家《ていか》*11親子はどうですか。

中西　藤原俊成《ふじわらのしゅんぜい》*12と定家ですか。やっぱり違いますよ。

石川　土俵が違う？

中西　歌の内容が全然違います。だから、いいんです。むしろ、その後じゃないですか。次の為家《ためいえ》*13だと何とかなるんですが、そこから先は、やっぱり定家が神様になるから、まねをしようとするんです。芭蕉の弟子たちがみんな駄目なのと同じですよ。

*9　盛唐の詩人（生没年未詳）。

*10　一四八ページ参照。

*11　藤原定家（一一六二～一二四一）。平安時代末期・鎌倉時代初期の歌人。『新古今和歌集』の撰者の一人。幽玄体を発展させて、有心《うしん》の詩境を築いた。

*12　平安時代末期・鎌倉時代初期の歌人（一一一四～一二〇四）。定家の父。『千載《せんざい》和歌集』の撰者。その歌風は、幽玄《ゆうげん》体と称される。

*13　鎌倉時代中期の歌人（一一九八～一二七五）。定家の子。

石川　そうですか、なるほどね。だから蕪村《ぶそん》みたいに違う土俵を作るのがいいんですね。

中西　そうです、そうです。あんなに芭蕉を慕ってますけど、全然違うんですよね。

第六章　自適の詩

鹿柴　　王維

空山不見人
但聞人語響
返景入深林
復照青苔上

鹿柴《ろくさい》　　　　王維《おうい》

空山《くうざん》　人《ひと》を見《み》ず
但《た》だ人語《じんご》の響《ひび》きを聞《き》く
返景《へんけい》　深林《しんりん》に入《い》り
復《ま》た照《て》らす　青苔《せいたい》の上《うえ》

《通釈》静かな山に、人の姿は見えず、ただことばの響きが聞こえるばかり。夕陽の光が深い林の中に分け入って、青い苔を照らし出す。

王維の閑静な生活

石川　さていよいよ最後となりました今回は、漢詩に比較的多い「自適」というテーマで、いくつかの詩を見ていきたいと思います。まずは、今まで何度か触れることがありましたので、この機会に王維の「鹿柴」を読んでみましょう。以前もお話ししたように、王維は中年のころ、都の東南の郊外の輞川《もうせん》というところに別荘を設けました。その別荘にあったという二十か所の名勝を読んだ詩をまとめたものを『輞川集』といいますが、この詩もそのうちの一つです。「鹿柴」というのは、野生の鹿が侵入してくるのを防ぐ柵のことで

王維　一四八ページの作者紹介を参照。

す。

中西　基本的なことなんですけども、王維は次官クラスの高官ですね。高官でありながら、こういう超俗世界を楽しむような詩人でもあるわけですね。「半官半隠」ということばがありますけども、そういう生活というものが成り立つものなのでしょうか。役人としての生活が、詩人としての生活とほどよい調和を取りながら、彼の中ではちゃんと承認されていたんですかね。

石川　ありていにいえば、彼の生活のほとんどは役人生活だと思いますよ。でも休みの間に別荘へやってきて、つかの間の閑静な生活を楽しむということはあったんじゃないでしょうか。

中西　その別荘は、たいへんな広さのようですね。

石川　詩の中から受け取る感じではそうです。たとえば中に大きな湖もあったらしい。でもそれが果たして本当のことをうたっているかどうかということになると、これは何とも分からないです。というのは、ここへ実は行ったことがあるんですよ。

中西　はい。

石川　今は軍事基地になってるらしくて、なかなか入れてくれないんですけども、押し問答をした結果、数年たってようやく許可が出て、行きました。

ところが景色はそんなに大きな広がりを感じさせない。大きな湖があったようには見えませんし、またそんな大きな湖があったら、王維以外の人の作品にも出てくるはず。従って、どうも架空の世界を構築して、そこで遊んでたんじゃないかなという感じもするんです。

中西　詩的誇張というものですね。近江だって八景でしょう。それなのに二十景もあるんですから、大変なもんですね。

石川　そうですよ。

中西　詩的誇張だとすると、それも分かりますね。そういうものは、むしろ願望の中にあったんでしょうから。

石川　二十景の配置と名前を見ていると、うまく一つの世界を構築するようにできてるんじゃないかと想像することもできるんです。

中西　そういう庭園が多いのは蘇州ですね。あれも、それぞれの見所がありますね。ああいうものを想像すればいいんでしょうか。

石川　だと思いますよ。たとえば拙政園《せっせいえん》[*1]には、池もある、築山もある、橋もある、館もある。あれよりもうちょっと大きいものじゃないかな。それで池を湖に見立ててるかも分からない。

中西　そうでしょうね。

*1　一五一ページの注5を参照。

受け継がれていく邸宅

石川　輞川荘は、もとは宋之問《そうしもん》＊2という詩人の持ち物だったんです。王維の三十年ぐらい先輩になりますかね。

中西　そのことも興味がありましてね。つまり名だたる人の庭園が代々受け継がれてくるという事柄が、往々にしてあります。やっぱり中国でもそういう庭園や屋敷が受け継がれていくんですか。

石川　そういう例もありますね。ただ輞川荘はかなり荒れ果ててたらしいんですよ。亡くなってから、少なくとも二十年くらいは経ってましてね。王維はそれに手入れをしたらしい。王維の後はどうなったかというと、お寺にしちゃったらしいんです。

中西　京都でも、江戸時代の資産家がつくった庭が、本願寺の所有になったり、今は料亭になったりということがありますからね。また一方で、不吉な家、白楽天の「凶宅《きょうたく》」＊3という考え方もありますでしょう。つまり、個人の名声によって得た屋敷なんだから、それがなくなってしまったら、後は荒れ果ててしまって、狐狸《こり》のすみかになる。こちらは、何か継承しようというよりは、むしろ否定的な考えですね。そういうところの習慣は、中国ってどうなってるんですか。

＊2　初唐の詩人（?〜七一二）。沈佺期《しんせんき》（九三ページ注4参照）とともに、初唐を代表する詩人の一人。

＊3　白楽天の五言古詩。歴代の主人に不吉なことがあってとうとう荒れ果てた屋敷、ということから、権力は長続きしないことを風刺した作品。

石川　白楽天の他にも、「奉誠園《ほうせいえん》に笛を聞く」*4という詩もあります。これは馬燧《ばすい》という将軍がいろいろとぜいを凝らした家を作ったんだけど、後が悪くて没収されて、荒れて奉誠園という庭園になるんですね。良いお庭を継承するというのもあるでしょうけど、あまり詩には出てきませんね。

中西　輞川荘はやっぱり宋之問の庭だから、それを慕って王維が買ったということでしょうか。

石川　多分そうだと思います。有名な詩人ですからね。

中西　それが詩人としての誇りになるとか、そういう精神でしょうか。ぜいたくなどじゃなくて、ゆかりを重んじるわけでしょう。

石川　ゆかりでしょうね。則天武后《そくてんぶこう》朝*5で非常に名の聞こえた詩人だから、その人の持ち物を買ったんだということになれば、ある程度名誉なことじゃないですかね。

「人語の響き」をめぐって

石川　さて、詩の前半では、シーンとした山に人の姿は見えないが、声だけがするといっています。次の「返景」というのは夕日の光のことです。夕日の光が深い森の中に入り込んで、青い苔の上を照らす、というのが後半です。

*4　中唐の詩人、竇牟《とうぼう》（七四九〜八二二）の七言絶句。『三体詩』上所収。

*5　中国史上、唯一の女帝（六二四〜七〇五）。唐の高宗の皇后であったが、高宗の死後、政治の実権を握って自ら帝位についた。彼女の治世は、文学史の上では初唐にあたる。

昼間の上からの日の光は深い森の中には入りませんけど、夕方の横から入る光は斜めに入ります。そのわずかな時間だけ、森の奥にある青い苔が照らし出される。そのえもいわれぬ美しい世界を描いているんです。

この情景はいったい何を意味しているのか。私は、この詩も例の「隔籬《かくり》の詩想」で、鹿を防ぐ柵が境になって、向こうは俗世間、こちらは超俗世界、そういう意味を持つんじゃないかと考えます。超俗世界にしか見られない、普通の人には見ることができない秘密の美の世界をうたうのが狙いだと思っています。

中西 まずお伺いしたいのは、詩の前半ですが、「空山人を見ず」といいながら人がいるとなると、人が邪魔になります。だれもいない、自分がしゃべっている声だけが響くという理解はできないんでしょうか。

石川 そうすると、話し相手がいるということになりません？

中西 確かにそうですね。連れ立って散歩をしてるということになりますね。ただ、「人語」は「他人の声」ではなくて「人間の声」。

石川 その可能性もありますね。ただ、なぜここで「響」という字を使ったのか。人のことばを「響き」と取るというのは、普通の発想にはないですよね。これには元になったと思われるものがありまして、謝霊運《しゃれいうん》の詩の中に「林深ければ響き奔《はし》り易し」[*6]という句があるんです。

中西　その句、だいぶ前に出てきましたね。

石川　ずっと森の奥のほうで、だれかがしゃべってる、それがすっと伝わる。王維は、人語の「響」という字を使うことによって、謝霊運のあの句を思い出せという信号を発してると思うんです。次の句には「返景　深林に入り」とあって、「林が深い」といっています。さらにもう一つ、「林深ければ響き奔りやすし」と対句をなすのが「崖傾いて光留め難し」という句です。がけが傾いていると、光が当たってもじっとしてない。これが「復た照らす　青苔の上」に関係があると思うんです。だから明らかにこれは、謝霊運のこの句を意識してるんです。

中西　どうも、しゃべっているのは自分だとする方が、私にはぴんと来ます。

石川　なるほどね。その可能性は確かにありますね。

中西　連れ立って散歩していても、あるいは自分一人だけでも、何か声を出してみれば響きとして聞こえてくる、ことばが音響になる。

石川　問題はどちらの解釈がおもしろいかということになりますね。私は、森の奥にいる人は隠者と木こりであろうと思うんです。なぜかというと、今度は陶淵明の句です。陶淵明に、「相見《あいみ》て雑言《ざつごん》無《な》し、但《た》だ道《い》う桑麻《そうま》長《の》びたり」[*7]、

＊6　九ページを参照。
＊7　「園田《えんでん》の居に帰る」五首の「其の二」中の一句。「桑麻は日に已《すで》に長び、我が土は日に已に広し」と続く。

お互いに顔を合わせて、ほかのことは何もいわない、桑や麻が伸びたということしかいわないという句があります。この句を念頭に置きますと、森の奥で隠者と木こりがしゃべっている、これは俗世間の話じゃない。たとえば、今年のキノコはどうかねとか、ウサギは太ってるかねとか、こういう話をしてるんじゃないかと、捉えるんです。

中西　そういう詩のイメージの堆積というものから、われわれ読者は自由にはなれないですよね。ですから、イメージの積み重ねによる解釈というものは、詩の世界には、良くも悪くも必然的にくっついてるもんだという気がします。でもそれはそれとして、この詩を単独で読みますと、声を出しても響きとして響くだけだとも読めますし、そう読んだとしても、その話の内容は、やっぱり政治を論じるなんていうのではなく、それこそウサギは太ったかねでもいいんですけど、同じようなイメージになってくると思うんです。

石川　しゃべっている一人を自分とするのも確かに成り立ちますね。詩のおもしろみは変わらないと思いますよ。

選ばれた「青」

中西　ところで、季節はいつなんでしょうかね、この詩。

石川　秋じゃないかなと思うんですけども、何とも分かりません。「空山」ということばは、葉を落とした秋の山のこともいいます。だけどここではそうじゃない。こんもりと茂っているということは、後のほうで分かりますから、この「空山」はシーンとした山で、季節ではないですね。

中西　秋の詩だと考えますと、「深林」には紅葉の色が出てきますよね。そこにツタなんかが絡まっていて、それも色づいているとか、いっそうカラフルになりますね。

石川　その可能性もありますね。

中西　「青苔」とわざわざ「青」という字を使っていますが、この「青」というのは、この場合はどんなイメージなんですか。

石川　これは澄んだ色です。「さんずい」を付けて、「清い」になる。非常に澄んだ青色。

中西　「青」というのは「さんずい」がなくても、すがすがしいという意味で使うことばですか。

石川　漢字の世界には、単語家族、ワードファミリーという考え方があって、*8 簡単にいうと、つくりが同じ漢字には意味の共通性があるんです。たとえば「青」は、「日」を付ければ「晴」で澄んだ空、「目」を付けると「睛」で、

*8　スウェーデンの言語学者・カールグレンの提唱した考え方。発音の似たことばの核心に、共通する意味を見いだして、そこから各語の意味を系統的に検討していく。日本では、藤堂明保《とうどうあきやす》の漢字語源説が有名。

澄んだ瞳になる。つまり、「青」が「澄んだ」というような意味を持っているんです。だから、「緑苔」ということばもありますが、ここではそれではつやが出ちゃって、駄目なんです。

中西　それはよく分かりますね。けばけばしいものの排除ですね。「緑」というのは、日本語でも若々しいという意味ですね。若々しい黒髪のことを「緑の黒髪」といいますが、中国には、「緑髪」ということばはあるんですか。

石川　ありますね。仙人とか道士の髪の毛をいいますね。女性の髪の毛にも使うんですよ。

中西　なるほど若々しいですね。そうすると「青苔」というのは、やはり清らかな苔という意味も併せて理解しないといけませんね。

石川　そうですね。清浄な世界です。

中西　超俗世界ですね。

石川　「青苔」ということばもあれば「緑苔」ということばもあるんですから、その中から作者が「青苔」を選んだのには、意図があると思うんです。実際の色は、やはり苔の色ですから、緑色なんですよ。でも字面の問題として、イメージが違ってくるんです。

絵画的な詩とは

中西　もう一つお伺いしたいのは、よく王維の詩は絵のようだといわれますでしょう。

石川　それは蘇軾《そしょく》がいってるんですよ。*9

中西　その「絵のようだ」というときの内容は、どんな内容ですか。

石川　この詩の場合、赤い夕日の光と青い苔、これらがパッと読者にイメージされるということじゃないでしょうか。

中西　カラフルだということですか。

石川　ただ、けばけばではなく、さびさびですね。夕日の光と苔の色ですから。さびさびの赤とさびさびの青とが秘密の出会いをして、その出会いは一瞬だけ。日が沈むと、すっと消える。

中西　よくこれは絵画的だということを日本文学でもいうんですけど、さてそれじゃ何が絵画的かというふうに考えますと、割合分かりにくかったりするんです。確かにカラフルだということもあるけども、水墨画なんかは絵だけどもカラーはないわけでしょう。そうしますと、もう一つの絵画の特徴というのは、スタティックだということです。静止感を持ったときに、絵画的だという批評を与えることが、よくあると思うんです。この詩も、静寂が非

*9　『東坡志林《とうばしりん》』の中に、「摩詰《まきつ》（王維の字《あざな》）の詩を味わうに、詩中に画有り」とある。

常に極まって、物の動きが止まっている面がありますよね。

石川　そうですね。ほんの短い時間を切り取ってる。

中西　動きがあると、騒々しくなったり、心がかき乱されたりするんですけど、音も絶っている、動きも絶っている。

石川　静寂な世界における彩りは、王維の一つの特色になってます。それは『輞川集』の他の作品もそうで、非常な深閑の中で、ある華やぎをうたったり、別荘の中にしか見られないような美をあしらったりする。単なる隠者の灰色の世界ではなく、つやがあるんです。

中西　高級なつやですね。

石川　これは日本人にはよく分かるんじゃないんですかね。

中西　わびとかさびとかいうのも、つやがあります。太陽の色、青い苔とかいうと、色彩が鮮やかな感じがしますけども、原色ではないですね。

石川　しかもその色はごく短い時間しか続かない。

中西　瞬間に出現するような色彩ですね。

石川　たった二十字で見事にその一つの世界を切り取っているんです。すばらしい作品ですね。

中西　今回は、その王維のすばらしいわびさびの世界の後に、李白の奔放華麗な大傑作を用意していただいているようですね。そろそろ、そちらへ移りませんか。

李白　四〇ページの作者紹介を参照。

月下独酌

花間一壺酒
独酌無相親
挙杯邀明月
対影成三人
月既不解飲
影徒随我身
暫伴月将影
行楽須及春
我歌月徘徊
我舞影零乱
醒時同交歓
酔後各分散
永結無情遊
相期邈雲漢

月下独酌《げっかどくしゃく》　李白《りはく》

花間《かかん》 一壺《いっこ》の酒《さけ》
独《ひと》り酌《く》んで相親《あいした》しむ無《な》し
杯《さかずき》を挙《あ》げて明月《めいげつ》を邀《むか》え
影《かげ》に対《たい》して三人《さんにん》と成《な》る
月《つき》 既《すで》に飲《いん》を解《かい》せず
影《かげ》 徒《いたず》らに我《わ》が身《み》に随《したが》う
暫《しばら》く月《つき》と影《かげ》とを伴《ともな》いて
行楽《こうらく》 須《すべか》らく春《はる》に及《およ》ぶべし
我《われ》歌《うた》えば 月《つき》 徘徊《はいかい》し
我《われ》舞《ま》えば 影《かげ》 零乱《りょうらん》す
醒時《せいじ》は同《とも》に交歓《こうかん》し
酔後《すいご》は各《おのおの》 分散《ぶんさん》す
永《なが》く無情《むじょう》の遊《ゆう》を結《むす》び
相期《あいき》して雲漢《うんかん》邈《はる》かなり

《通釈》花の下で一壺の酒を抱え、たった一人で飲んでいる。杯を高く掲げて明月を迎えると、月と影と私の三人になった。とはいえ、月は飲むということがわからないし、影は私にくっついているだけだ。でもとりあえず月と影を連れにして、今の春を楽しむとしよう。私が歌うと、月も合わせて動き回り、私が舞えば、影も合わせて乱れていく。酔っている間は仲良く楽しんだが、醒めてしまえばお別れだ。でも、いつまでも無情の遊び仲間として、はるかな天の川でまた会うことにしよう。

＊1　肉体が影に語りかける「形　影に贈る」、影がそれに答える「影　形に答う」、精神が彼らをなだめる「神の釈」の三つの詩と、「序」とからなる作品。

大天才・李白の傑作

石川　これもまたおもしろい詩です。この作品は、作られた時代がはっきりしてないんです。ですからどこで作ったのかもさっぱり分かりません。長い詩ですから、最初にざっと見ておきましょう。

最初の四句、「花間　一壺の酒」から「影に対して三人と成る」までが第一段です。ここでは、月の光の下で一人で酒を飲んでいるんだけれども、月と自分と自分の影の三人で飲んでるというんですね。影というものを人のように扱う考え方は、陶淵明《とうえんめい》の「形影神《けいえいしん》」＊1という作品から出てきています。自分の肉体と自分の影と自分の精神という三者。ここに一つのヒントがあると思います。ただし「月下独酌」では、月と自分と自分の影の三人です。これがこの作品の一番のミソですね。

次の「月　既に飲を解せず」から「行楽　須らく春に及ぶべし」までの四句が第二段。月と影と一緒に酒を飲むけど、月は飲まないし、影は私にくっついてばかりいるから、どっちも駄目な仲間だ。けれども、しょうがないから月と影とを連れにして、今の春を楽しむとしよう、というわけです。

次の「我歌えば　月　徘徊し、我舞えば　影　零乱す」、この二句がこの詩のクライマックスです。私が歌えば月がうろうろしたり、私が舞えば影が乱れたりするというのは、要するに酔っぱらってきたということです。自分がふらふらしてるんだけど、それを月が徘徊してるといった。自分がふらふらしているのを、影が零乱すといった。このへんがおもしろい発想で、前例がないと思いますね。

残りの四句が最後のひとかたまりです。「醒時は同に交歓し、酔後は各分散す」、酔う前はいっしょに楽しんだけど、酔っぱらった後は、お別れだ。そして、「永く無情の遊を結び、相期して雲漢邈かなり」、雲のはるか向こうの天の川でまた会いましょうと約束するという、そういう趣向になってます。

全体の構成としては、「我歌えば　月　徘徊し、我舞えば　影　零乱す」という二句を取り出せば、四、四、二、四という構成になります。この二句を前にくっつけて、四、六、四という構成だと考えることもできます。

常人を超えたすごさ

中西　今の構成の二句、六句の話、初めて伺ったんですけど、そんな破調といいますか、破格といいますか、そういうことが許されているんですか。

石川　ええ、詩は四句で切るか六句で切るかどっちかなんですね。

中西　四句なら四句でざっと行くとか、十句もあるとか、そういうことじゃなくて、四か六かだけですか。

石川　ええ。

中西　ほかに三で切るとか七で切るとか。

石川　それはないです。四句で切るか六句で切るかです。全部四句で行くのがスタンダードな形なんですけどね。

中西　しかしそのお話だと、「我歌えば 月 徘徊し、我舞えば 影 零乱す」という見事な対句をちょっと挿入して、そこにクライマックスを与える。構成の上からもすごいですね。

石川　その場でさっと作ってるように見えるけど、結構考えて構成してますよ。

中西　この詩はさすがに李白という感じで、私も実にかき乱されますね。すごい詩ですね。

石川　陶淵明の作品にヒントがあるかもしれないが、しかし月と自分と影という三人でもって飲むということの発想はまことにユニークですし、またいかにも月の下で一人で飲んでるという楽しみを、うまく表してると思います。

中西　わたしも「形影神」は思い出したんですけど、ただ陶淵明のは、形と影とがあって精神がジャッジメントをするわけでしょう。ですから、この詩とはかなり性格が違うものですね。月に向かって酒を飲むというのは分かり切ってるんだけど、そこに影を連れてきて、三人なんていうのは見事だとしかいいようがない。やっぱり李白の独特の発想じゃないですか。

石川　こういう発想は普通の人はできないですな。

中西　大天才だという気がしましたね。

「無情の遊」と「有情の遊」

中西　「月下独酌」なんていったって、まず「花間」と始まりますでしょう。月下だけじゃない、花月下の独酌になりますよね。

石川　そうですね。花は確かに全体には及んでないみたいに見えるけど、バックにあるわけですよね。

中西　しかも最初に出てくる「一壺の酒」「独酌」そして「相親しむ無し」、

この態度をずっと最後まで貫いてますでしょう。はねつけ続けて、最後に「永く無情の遊を結び、相期して雲漢邈かなり」というわけです。要するにこれはどうなんでしょう。月をあてにしてるんですか、してないんですか。

石川 やっぱりあてにしてるんじゃないんですか。天の川で会おうと約束してるんですから。

中西 でも、月は飲むことを解さないんですよね。

石川 だから「無情の遊」なんですよ。月には「有情の遊」はできないんです。ヤボな仲間なわけですよ。

中西 ヤボだけども、また会おうと期待はしてるんでしょう?

石川 そうです、そうです。

中西 普通の人だと「有情の遊」を期待しますよね。すると、月は酒を飲まないし、しょうがないなということになる。ところがそんなものを否定して、月に対して「無情の遊」を結ぶという。そこに月と自分との関係ができるんだ、と。

石川 そうですね。

中西 最初は「三人と成る」なんて、仲良しみたいなことをいっておきながら、途中で月はやっぱり「飲むを解せず」といったかと思うと、こんどは「無情の遊」は結べるのだという。理解するとかしないとかいうものを超えたところで、自然と自分とが結び合っているというんです。普通の発想では出てこないですよ。

石川　ええ。

中西　「醒時は同に交歓し、酔後は 各 分散す」というのもそうです。普通でしたら、酔っぱらってるから月を仲間と思えるけど、醒めてしまったらそうじゃない、というふうに考えるんですが、李白は逆ですね。それはどうしてかといったら、例のクライマックスの対句、「我歌えば 月 徘徊し、我舞えば影 零乱す」、そういう状態からいうと、こうなるわけですね。このへんも何か普通の論理の上を行ってるような気がします。

石川　そうですね。

詩に手玉に取られてみたい

中西　結局は、月は飲むことができないし、影もくっついているだけ。しょうがないから、飲まない月に向かって、くっつくだけの影を伴って、行楽を春に及ぼそう、こういうわけですね。自分の楽しみについて、むやみやたらに理解者を欲しいわけじゃないんだ、ということが結論ですね。

石川　理解者は必要ないんです。「無情の遊」でいいんです。

中西　だけど「無情の遊」を結ぶ相手も、仲良しではない、でもその関係は「我歌えば 月 徘徊し、我舞えば 影 零乱す」だとうたう。すごいですよ。

石川　仲良しじゃまたおもしろくないんでね。しょうがねえから入れてやるよ、ヤボだけど一緒に来い、というわけです。

中西　「我歌えば 月 徘徊し」ですから、だじゃれじゃないですけど、結構月も付き合いがいいんですよ。だけどもそれは違うんだ、と。「有情の遊」なんていうものは結べないのだ、と。

石川　月も影もヤボな仲間でしょう。だから最初は駄目なんですよね。だけど、おっしゃるように、飲んでるうちに月もいい調子になっているような感じがする。影も調子を合わせてる。そういうことなんですね。渾然とした境地、酔狂なんですね。

中西　何か世の中の常識一般で考えていると、交歓できるかのごとくである、と。だけど酒を飲んで真実が分かってみると、別々だ、と。普通と全然違ういい方ですけども、よく分かります。それじゃばらばらなの、友だちなの、どっちなのといったら、いや、ばらばらだけど友だちなんだよ、だから「無情の遊」だよと、こういう話ですよね。

石川　そうそう。

中西　すごい詩ですよね。こういうふうに詩に手玉に取られていたいですね、いつも（笑）。

石川　詩が力強過ぎて、もう語ることがないですね（笑）。

遊山西村

莫笑農家臘酒渾
豊年留客足鶏豚
山重水複疑無路
柳暗花明又一村
簫鼓追随春社近
衣冠簡朴古風存
従今若許閑乗月
拄杖無時夜叩門

山西《さんせい》の村《むら》に遊《あそ》ぶ　陸游《りくゆう》

笑《わら》う莫《な》かれ　農家《のうか》　臘酒《ろうしゅ》の渾《にご》れるを
豊年《ほうねん》　客《かく》を留《とど》むるに鶏豚《けいとん》足《た》る
山重《さんちょう》水複《すいふく》　路《みち》無《な》きかと疑《うたが》い
柳暗《りゅうあん》花明《かめい》　又一村《またいっそん》
簫鼓《しょうこ》追随《ついずい》して春社《しゅんしゃ》近《ちか》く
衣冠《いかん》簡朴《かんぼく》にして古風《こふう》存《そん》す
今《いま》より若《も》し閑《しず》かに月《つき》に乗《じょう》ずるを許《ゆる》さば
杖《つえ》を拄《つ》いて時《とき》と無《な》く　夜《よる》　門《もん》を叩《たた》かん

《通釈》「農家の師走じこみの濁り酒をお笑いめさるな。豊年ゆえ、お客さまを引き留めるのに十分な鶏と豚もあります」との招きを受けて行くと、山が重なり合い、川がいくつも現れ、道も行き止まりかと思えば、柳が暗く茂り、花が明るく咲き乱れるところに、また一つ村里が現れた。笛と太鼓が追いかけ合うように響いて、春祭りは近い。村人の服装は質素で、昔の風俗が残っている。これからも、のんびりと月の光に照らされて訪ねてきてよろしければ、杖をついてやってきて、気の向いたときに、夜、あなたがたの家の門を叩きましょう。

陸游　南宋の詩人（一一二五～一二一〇）。現存詩数は九二〇〇首にも及び、南宋最大の詩人といわれる。

陸游の生きざま

石川　さて、おしまいに、今まで取り上げなかった南宋と明の詩人を見ておきたいと思います。まずは、南宋の詩人・陸游です。宋代の詩人というのは、やっぱり唐の詩をどうしても意識しますよね。この人は八十五まで生きて、白楽天のような洒脱さも、杜甫のようなまじめな生き方も、李白のような豪放なやり方も取り込んだんです。そういう意味では非常に幅の広い詩人です。この詩は題材が田舎のことになってますから、どちらかというと、白楽天ですね。この人の故郷は江南で、お酒で有名な紹興《しょうこう》なんです。

中西　いいところですよね。

石川　この詩は、紹興の郊外の情景です。山の西といってるこの山ははっきりしませんけど、会稽山《かいけいざん》[*1]でしょうか。農村の純朴な風俗、そこに自分が浸っている楽しみをうたっています。さっきいったように、この詩は白楽天と通うものがありますが、もう少し深いですね。それは一つは陸游のほうが不遇な生涯を送ったからかもしれません。

中西　とおっしゃいますと？

石川　陸游は、出発から非常に不遇な生涯を送るということを運命付けられていたんです。

＊1　紹興市の南にある山。春秋時代の呉越の抗争（二〇ページ注7参照）にかかわって、「会稽の恥を雪《すす》ぐ」の故事で有名。

南宋王朝は、北の異民族王朝・金《きん》と和睦して平和な状態を守ろうとして、金が叔父で南宋が甥という条約を結びました。叔父さんに対しては、毎年ごあいさつをしなきゃならんというわけで、貢ぎ物を持ってごあいさつに行く。それが、時の政府の方針だったんです。陸游のころの総理大臣は秦檜《しんかい》＊2という人で、和睦派の巨頭です。それに対して、飽き足らない、やはり金と対決しようという人々がいる。主戦派といいます。陸游の家は代々主戦派なんです。

有名な話なんですけど、陸游は科挙の予備試験でトップだったんです。でも、そのときに二番だった男が秦檜の孫だったんですね。それに主戦派と和睦派の対立もからんで、陸游はトップで合格したのに落第させられたんです。エリートになる道が、ふさがれてしまったんです。その後、名誉的に進士の資格を与えられますけど、実際にはもう出世は閉ざされてますから、たとえば同期生であったはずの范成大《はんせいだい》＊3なんかの下に付くわけですよね。范成大、楊《よう》万里《ばんり》＊4と同期生であったはずなんですよ。

そういうことですから、おのずから自然への対し方も違うんですね。中に入り込むというか、一体になるというか……。この「山西の村に遊ぶ」もそうです。この詩のおもしろいところは、農村の純朴な様子を、故事も織り込みながら、非常に平和で穏やかにうたってるということです。この人は、過

＊2　南宋の政治家（一〇九〇〜一一五五）。和睦派の巨頭として、岳飛《がくひ》などの主戦派を弾圧した。

＊3　南宋の詩人（一一二六〜一一九三）。陸游・楊万里とともに、南宋を代表する詩人。

＊4　南宋の詩人（一一二七〜一二〇六）。陸游・范成大とともに、南宋を代表する詩人。

激な主戦論者ではあるけれども、農村のそういう生活を楽しむような穏やかさがあるんです。だから長生きしたんじゃないでしょうかね。

「父老」との交流

中西　農村に招かれて遊びに行くという経験は、当時の人は割合したんですか。

石川　あまりなかったんじゃないでしょうか。

中西　エリートはエリートとして非常に抽象化された生活を送るだけで、農村生活とはつながってないような……。

石川　そうですよ。だからバリバリ出世するような人には、無縁の世界です。彼は不遇な境遇に落とされ、しかもこのときは免職になってるという身ですから、土地のいわゆる父老といわれるような人と親しくなるんです。この父老の世界に交わるというパターンは、以前お話したように、すでに陶淵明にあります。杜甫も成都の草堂でつかの間の平和な生活を楽しんでいるときに、郊外の父老と行き来しています。[*5] 漢詩にはそういう流れがずっとあるんです。

中西　おおむね今まで見てきた詩というのは、そういう父老の出現するような世界とはちょっと違った詩が多かったんじゃないでしょうか。そういう意

＊5　たとえば「客至」には、「肯《あえ》て隣翁と相《あい》対して飲まんや、籬《まがき》を隔てて呼び取りて余杯《よはい》を尽くさしめん」と、交流が詠われている。

味では、代表的な詩といわれている詩は、陶淵明や杜甫の一部のものを除いて、エリート官僚が自分たちの世界の中で発想していて、自然と向き合っているかのようでも、以前おっしゃった「隔籬《かくり》の詩想」で、世俗を排除したこちら側の世界、ということになるんですか。

石川　そうですね。唐の詩人たちの場合には、王維の詩が一番良い例ですけども、自然が抽象化されてるわけです。だけどこの陸游の詩を見ると、抽象じゃなくて現実で、現実のそういう世界の中に自分が入り込んでいる。だいぶ違いますね。

中西　非常に民俗的なもの、あるいは大地の温かさとか豊かさとか、この詩にはそういったものをものすごく感じますね。

石川　宋詩の特色の一つです。

中西　それはやっぱり、唐詩への一つのアンチテーゼですか。

石川　そうですね、多分。宋の人たちは、やっぱり唐詩にうたわないことをうたおうという意識が強く働きますからね。

村祭りの風景

中西　そういうふうに考えると、この詩は、「鶏豚足る」とか、「簫鼓追随して春社近く」というんですから、村の春祭りでしょう。今までとすごく違った温かみ、豊かさというものを感じますね。このお祭りは、あらかじめ秋の豊作をお祈りする、そういう祭りですか。

石川　そうです。日本と同じですよ。

中西　この「簫鼓」というのは、笛と太鼓でしょう。弦楽器は、こういうときは使わないんですか。

石川　笛と太鼓ですね。日本の村芝居でも、村祭りでもそうでしょう。

中西　そうなんです。村祭りの「ドンドンヒャララ、ピーヒャララ」は「朝から聞こえる笛、太鼓」ですから弦楽器を使っていないですね。弦楽器となるとたとえば三味線ですけど、それは俄然、色めいた世界になりますものね。古代の日本では、神降ろしなんかは本来は琴でやったんですが、村祭りには全然入り込んでいないから、おもしろいなと思ってたんですよ。中国もおなじようですね。

石川　そうですね。琴となると、知識階級の世界になるんですよ。

中西　琵琶もそうですか。

石川　琵琶は全く出てこないわけじゃないんです。杜甫の「古跡を詠懐す」*6という連作の詩の中に、王昭君《おうしょうくん》*7のことをうたったものがありますが、その中

*6　七言律詩五首からなる連作。晩年の杜甫が、長江中流域で、そのあたりの古跡を題材にしてうたった詩。

*7　紀元前一世紀ごろ、前漢の元帝の時代の女官。元帝の後宮に仕えたが、北方の異民族・匈奴《きょうど》の王妃として遣わされ、その地で没した。古来、悲劇の女性として、多くの文学の中にうたわれている。

に「千載《せんざい》琵琶　胡語《こご》を作《な》し、分明《ぶんめい》に怨恨を曲中に論ず」とあるんです。王昭君の時代から千年経った今でも、琵琶語りが異民族のことばでうたいながら、歌の中で彼女に代わって恨みごとを述べている、というんです。これは知識階級とはいえないですね。

中西　でも村の祭りではないですね。

石川　ちょっと違うかな。

桃源郷への意識

中西　それから「衣冠簡朴にして古風存す」。

石川　これは、村祭りの村芝居なんです。だから昔の格好をしてるわけです。今の日本でも、あちこちに何とか歌舞伎とかってあるじゃないですか。みんなそういう昔のコスチュームをしてるんです。

中西　そういうふうなコスチュームの中に残っている伝統の重み、その伝統に対する厚い信頼のようなものがありますね。昔のものがずっと伝わっているというわけでしょう。そうすると、「桃花源記」[*8]のように、やはり昔からのものがずっと時間を超越していて、それが桃源郷の一つの条件になってますね。何百年、戦争を知らないという。それを思い出したんですけども、やっ

＊8　陶淵明の作とされる有名な中国古典小説。道に迷った漁師が、桃の花の咲き乱れる川をさかのぼり、洞穴をくぐり抜けると、そこには理想的な小社会があったという話。

ぱりこれは桃源郷の意識があるんでしょうね。

石川　この詩は、はっきりそうだというのではないけれど、「柳暗花明　又一村」というところにも、その奥のほうへずっと行くわけですから、やっぱり桃花源になるというようなニュアンスがありますね。それとなくですけどもね。

中西　やっぱりこの「柳暗花明　又一村」が、この詩の中で一番有名な句ですか。

石川　そうですね。王維に「柳緑花明」ということばがあります。[*9] そこから来ているんですね。

中西　この「暗」というのは茂っているという意味ですか。

石川　そうです。こんもり茂ってるんです。

中西　「桃花源記」も、桃がいっぱい咲いているところを通り抜けていきますからね。地勢として、一種の通過儀礼みたいなものがあるんですね。

石川　この詩の場合も、「山重水複　路無きかと疑い」というんですから、真っ直ぐ見えたり、くねくねしたりして行くわけですよ。そしてたどりついた所は、かの桃源郷のような世界。

中西　時間を超越している、確かさをもってずっと伝統が続いている、そう

＊9　五言律詩「早《つと》に朝す」に、「柳暗くして百花明るく、春は深し五鳳城《ごほうじょう》」という句がある。

いう世界ですね。

石川　この詩の源流の一つに、さっきの父老の話がありますが、杜甫に「羌《きょう》村《そん》」*10という詩があります。これも「月夜」のところで触れたような気がするんですが、「羌村」は三部作で、その一つで、父老と飲むんですよ。父老の一人が「辞する莫《な》かれ　酒味《しゅみ》の薄きを」、何もありませんけど飲んでください、というような状況があるんです。この句は明らかに、陸游の「笑う莫かれ　農家　臘酒の渾れるを」という句に影響を与えていますね。そして、「兵革《へいかく》　既に未だ息《や》まず、児童　尽《ことごと》く東征す」、息子たちが戦争へ行って帰ってこない。そういう悲しみを述べるわけです。いい詩ですよ。多分そういう世界を下敷きにした上で、陸游は桃源郷のような世界を作り上げているんじゃないかと思いますね。

月に乗じて

石川　この詩についてもう一つ取り上げておくべきなのは、最後の聯の「閑かに月に乗ずる」です。これは「子猷訪戴《しゆうほうたい》」という故事*11を踏まえています。王羲之《おうぎし》*12の息子で王徽之《おうきし》*13、字《あざな》を子猷という人が、月の晩に、ふと思い立って友人の戴逵《たいき》を訪ねようとして、家の前まで行ったんですが、やめたというんで

*10　五九ページの注4を参照。

*11　この話は、『世説新語』任誕編に見えるほか、『蒙求《もうぎゅう》』（一九一ページ注13参照）にも「子猷尋戴《しゆうじんたい》」として採られ、有名。

*12　二一一ページ注12を参照。

*13　一五三ページ注10を参照。

す。どうしてかと聞かれて、「興に乗じて行き、興尽きて返る、何ぞ必ずしも戴を見んや」。

中西　その話はたいへん有名ですが、「月に乗ずる」という話は、それだけですか。

石川　この詩の場合、「時と無く」訪ねる、気が向いたらふっと行きますという訪ね方。それも「子猷訪戴」と重なるわけです。あれも月が出て、ふっとその気になる。

中西　でも、文人同士の交友を語る典型的な風雅さと、古朴な農村とが、うまく結びつきません。有名な故事だから、それと結び付けて研究者は考えるけども、そう限定することはないんじゃないですか。

石川　確かに状況がかなり違いますからね。あっちは冬ですしね。

中西　あっちは、ちょっとこまっしゃくれてますよ。行って会わないで帰ってきたなんて。

石川　それはそうだ（笑）。

中西　村芝居とは世界が違うような気がするんですよ。物知りの先生たちは、これをすぐ思い出すけども、村の人たちは思い出さないんじゃないでしょうか。良寛さんだって、月がいいから浮かれていようとかいってますでしょう。

月に誘われてという話は、いくらでもありますよ。

石川　たしかに「子猷訪戴」にこだわることはないと思いますね。

さて、このあたりでいよいよ最後の詩に移りましょうか。

尋胡隠君　　　胡隠君《こいんくん》を尋《たず》ぬ　　　高啓《こうけい》

渡水復渡水　　水《みず》を渡《わた》り　復《ま》た水《みず》を渡《わた》る
看花還看花　　花《はな》を看《み》　還《ま》た花《はな》を看《み》る
春風江上路　　春風《しゅんぷう》　江上《こうじょう》の路《みち》
不覚到君家　　覚《おぼ》えず　君《きみ》が家《いえ》に到《いた》る

《通釈》あちらの川を渡りまたこちらの川を渡る。こちらの花を見て、またあちらの花を見る。川沿いの路を春風に吹かれながら歩いていくと、知らないうちに君の家に着きました。

高啓　明の詩人（一三三六〜一三七四）。青邱《せいきゅう》と号した。日本でも江戸時代以降、愛読された。

「行き行く」の古風な響き

石川　この詩の作者の高啓は、明の初め、一四世紀の詩人です。彼はもともと蘇州の人で、三十九歳で腰斬りの刑に処せられるという悲劇的な生涯を送りました。蘇州という町は、今はだいぶ違ってしまったんですが、ひところまではクリークが縦横に走って、江南の最も代表的な水郷でした。ですから「水」といってるのは、クリークです。そして「渡る」というのは、狭いクリークを、小船に乗って行くんです。「花を看　還た花を看る」というのは、両岸に花が咲いてるんです。そして「春風 江上の路」、川のほとりの道に春風が吹いて、「覚えず 君が家に到る」、あっ、あなたのうちに着きました、こういう設定になってます。

　この詩には『唐詩選』にある常建《じょうけん》*1の「三日李九《りきゅう》の荘を尋ぬ」という詩の影響があると思います。三月三日、李九という友だちのうちを訪ねるのに、「故人の家は桃花の岸に在り、直ちに到る 門前 渓水の流」、両側に桃の花が咲いてる中を船で真っ直ぐに行ってその家に着きましたという詩です。ただし、影響はあるけれども、主眼とするところは違うんですね。隠者を訪ねるというところがこの詩のミソですから、やはり訪ね方も隠者の雰囲気をうたおうとする、そこに主眼があるんです。「水を渡り 復た水を渡る、花を看 還た花を看る」、この繰り返しは普通の五言絶句にはない、古風なうたい方をしています。

中西　これは「古詩十九首」の「行き行く重ねて行き行く」*2を思い出しましたね。たしかに古風なんでしょうね。

石川　そうですね。規格にとらわれない古風な雰囲気をかもし出してるんです。

中西　『万葉集』ですと、「あかねさす 紫野《むらさきの》行き 標野《しめの》行き 野守《のもり》は見ずや

*1　中唐の詩人（生没年未詳）。「三日李九の荘を訪ぬ」は、七言絶句。「雨は歇《や》む 楊林《ようりん》 東渡《とうと》の頭《ほとり》、永和《えいわ》三日《さんじつ》 軽舟《けいしゅう》を盪《うご》かす」の後に、「故人の家は……」と続く。

*2　『文選』所収の「古詩十九首」の「其の一」の冒頭一句。漢代の作品かとされる。

君が袖振る」[3]とか、天武天皇が吉野へ入っていく[4]のも、行き行きて山へ入っていくんです。それから「野ゆき山ゆき海辺ゆき／真ひるの丘べ花を藉《し》き／つぶら瞳の君ゆゑに／うれひは青し空よりも」という佐藤春夫[5]の詩にも、行き行くというモチーフがありますよ。行き行くというのは基本のパターンなんでしょうか。

石川 今でも蘇州へ行きますと、そういう雰囲気が残ってますけどね。

中西 やっぱりこれは蘇州のあの豊かな水の土地で、こういうゆったりとした情感というものがうたえるんですね。

石川 北のほうではない歌ですね。

古いテーマのバリエーション

石川 ところで、私にいわせれば、これは唐の時代に散々うたわれた「隠者を尋《たず》ねて遇《あ》わず」という詩のバリエーションだと思うんです。

中西 また「子猷訪戴」ですか？

石川 いやいや、あれとは違って、山の中を一生懸命訪ねるんですが、隠者の先生はお留守で肩透かしを食っちゃうという詩です。一番典型的なのは、これも『唐詩選』に取られてる、賈島《かとう》[6]の「隠者を尋ねて遇わず」という五言

＊3 額田王《ぬかたのおおきみ》（七四ページ注4参照）の歌。『万葉集』巻一―二〇。

＊4 六七一年、天智天皇が危篤状態になると、後継者問題で対立していた弟の大海人皇子《おおあまのみこ》（後の天武天皇）は、吉野山中に隠遁した。

＊5 大正・昭和の詩人・小説家（一八九二～一九六四）。「野ゆき山ゆき……」は、一九二一（大正一〇）年刊の『殉情《じゅんじょう》詩集』に収められた「少年の日」の第一連。

＊6 中唐の詩人（七七九～八四三）。一般には、「推敲」の故事で有名。

絶句です。これはおもしろいんですよね。「松下《しょうか》童子《どうじ》に問えば、言う師は薬を採りに去ると」、隠者を訪ねていくと、召し使いの子供がいるんですよ。そして、お師匠さん、いないよ、っていう。途方に暮れて見ると、「只《た》だ此の山中に在り、雲深くして処を知らず」、白い雲が浮かんでて、さて、どこへ行ったやら。とりとめがないというか、とらえどころのない、そのおもしろみをうたってるんです。

中西　その方がやっぱり隠者らしくて、おもしろいですね。

石川　このテーマの起源はだいたい六朝《りくちょう》の末ごろです。唐になってはやって、みんながいろんなふうにうたったんです。部屋を覗いてみたら、机があるだけだった、とか。[*7] 門前の雪に足跡がないから、先生は出かけたまま帰ってこないのだろう、とか。[*8] 芭蕉の葉っぱに名前を書いて、訪ねたことを知らせようと思うけど、そういえば芭蕉の葉は落ちやすいな、なんていうのもあるんですよ。[*9]

そういういろんなバリエーションがたくさん作られて、だいたい小道具も出尽くしてしまって、マンネリになって、だいたい唐代でこのテーマはおしまいになったんです。それを明の時代になって、この人がこういうバリエーションを作ったんです。大天才だと私は思うな。

＊7　盛唐の詩人、邱為《きゅうい》（六九四？〜七八九？）の五言古詩「西山の隠者を尋ねて遇わず」。『唐詩三百首』所収。

＊8　盛唐の詩人、岑参《しんじん》（七一五〜七七〇）の七言古詩「草堂村に羅先生を尋ねて遇わず」。

＊9　中唐の詩人、竇鞏《とうきょう》（七七一？〜八三〇？）の七言絶句「隠者を訪ねて遇わず」。『三体詩』上所収。

中西　宋の時代にはないんですか。

石川　ないですね。この詩では、「胡隠君」というんだから、訪ねる相手は隠者だということははっきりしてる。しかし隠者の家に着くまでで話が終わってるわけですよ。本当はそこから、ごめんくださいといったときにいないというのが、唐の時代の詩なんですよ。ところがこれは隠者の家に着くまでに、隠者の雰囲気を出すという、これがこの詩の大きな特色です。

中西　とにかくいないんだから、行ったってしょうがないんで、手前だけでもいいやということにもなりますね。

石川　そうかもしれないし、いるかいないかはどうでもいいことなのかもしれない。しかしもうすでに、訪ね方の中に隠者の雰囲気が漂っている。そして、君の家に着きました、というところで幕になる。おもしろい詩でしょう。

留守の発見

中西　それもおもしろいですし、いないことをうたうという方にも興味を持ちますね。日本の絵に留守絵*10というモチーフがありますね。衣桁に着物だけが掛かっているのを描いて、人は描かない。そこにいる人間は留守だという、そういうモチーフがあるんですよ。

*10　安土桃山時代から江戸時代にかけて流行した絵。装飾的な屏風絵などに用いられた。「誰《た》が袖《そで》」ともいう。

石川　明らかに、「隠者を尋ねて遇わず」から来てますね。

中西　そういったモチーフは、人間がどのように不在であるかということを描くことに主眼があるんでしょうね。私は勝手に、例えば椅子絵もその一つじゃないか、と思ってるんです。椅子は留守の記号ですよね、人が座らなきゃ役に立たないんだから。

石川　それはそうだ。

中西　ゴッホなんかが椅子の絵をよく描くんですよ。[*11] それと同じように、不在というものをテーマとしたものが、江戸時代の留守絵だと思っていたんですけども、その濫觴《らんしょう》が唐の詩にあるということになりますね。おもしろい文化史の流れがあります。

石川　おもしろいですね。

中西　さらにいうと、嵯峨野にある去来《きょらい》[*12]の落柿舎《らくししゃ》、あそこもやっぱり蓑笠を掛けてるときは中にいる、ないときには留守だという印にしたという話があります。留守というモチーフがずっと流れてるように思います。

石川　留守の発見ですな。六朝の末ごろからそれが出てきたんですね。おもしろいですね。

中西　留守をしていなきゃ、インチキな隠者なんですよ。白雲の中にいなきゃ

＊11　たとえば一八八八年、ゴーギャンと別れた後に描いた「フィンセントの椅子」「ゴーギャンの椅子」がある。

＊12　一五一ページ注4参照。落柿舎は、去来の別邸で、芭蕉もたびたび滞在した。

おかしいわけです。それを訪ねるというところに、絶対矛盾があるわけですよ。

石川　しかし俗世間の人には、それが分からない。

中西　教えてもらいたいと訪ねて行ったって、駄目なんだよ、という話。そこで、物の本質に気が付く。おもしろいですね。

詩は災いのもと

中西　この詩はとてものどかな感じですけども、そののどかさと、三十九歳で腰斬りに処せられたという過酷な現実と、この二つの関係はどうなってるんでしょうね。

石川　これは蘇州というところで生まれた人の宿命です。蘇州は最後まで朱《しゅ》元璋《げんしょう》*13に抵抗しましたからね。朱元璋は蘇州の人間たちに敵意を持ってたんです。それともう一つは、高啓には、朱元璋の女好きをそれとなく風刺した詩があるんです。「宮女図」という詩なんですが、その中に、たとえば「夜深くして宮禁《きゅうきん》誰有ってか来る」という句があるんです。夜更けの後宮に誰が来たのだろうというんですが、これを朱元璋が見て、こんちきしょうと思った、という説があるんです。*14 本当かどうか分かりませんけどね。

*13　明王朝の初代皇帝・洪武帝《こうぶてい》（一三二八〜一三九八）。元末の内乱を平定して新王朝を創始したが、一方で、数多くの臣下を誅殺した恐怖政治でも知られる。

*14　『呉中野史』に見える。

中西　詩は災いのもとですね（笑）。

石川　いずれにせよ、罪の巻き添えを食って、それで腰斬りの刑になったんです。

中西　そういう非常に残酷な結果を引き起こすような表現をすることと、こういうゆったりと隠者を訪ねるという心境、この二つがうまく結び付かないんですが……。

石川　わたしの印象では、高啓という男は、才子タイプだと思います。こういうタイプの詩人は中国にはけっこういて、唐の時代でいえば、李商隠《りしょういん》*15とか李賀《りが》*16。そういうタイプだと思います。自分の才能をたのんで、角《かど》張って、引っかかっちゃうんです。高啓の場合は、彼らよりもスケールが大きいから、結果的に悲劇的な死に方をしたんだと思います。六朝でいえば、謝霊運《しゃれいうん》*17のタイプですね。謝霊運も、最後は処刑されて死んでいます。

中西　でも彼らはみな、詩人としての栄光を獲得したわけですね。

石川　才能がありましたからね。でも、行動は軽薄なんです。

中西　軽薄才子ですね。ただ、この詩を見る限りでは、高啓は軽薄という感じはしませんよね。

石川　この詩からはしません。全然しませんね。

*15　六一ページ作者紹介を参照。当時の政争に巻き込まれて、官僚としては不遇なまま生涯を終わった。

*16　二一ページ注11参照。若いころから詩才を称されたが、その才をねたむ者たちから妨害されて、科挙を受験できず、二七歳で世を去った。

*17　八ページ注13参照。政治的な野心を抱いていたが望みを果たせず、常識はずれな行動を繰り返し、最後は死罪となった。

中西　それがなんか不思議ですね。

石川　この詩は土地柄をうまくうたった詩ですから、生活の中で、こういう場面もあるんじゃないでしょうか。

中西　人間そんなに一面的じゃありませんからね。それでいいのかもしれませんね。

付録　日本人の好きな漢詩

――「漢詩国民投票」集計結果を受けて

「漢詩国民投票」集計結果（二〇〇二年四月〜六月実施、総投票者数三六三人）

【作品部門】（一人最大3票まで）

①杜甫「春望」　84票
②杜牧「江南の春」　46票
③王維「元二の安西に使いするを送る」　40票
④孟浩然「春暁」　39票
⑤王之渙「鸛鵲楼《かんじゃくろう》に登る」　29票
　李白「静夜思《せいやし》」　29票
⑦李白「早《つと》に白帝城を発す」　26票
⑧陶淵明「飲酒二十首其の五」　25票
⑨王翰「涼州詞」　23票
⑩張継「楓橋夜泊」　21票
　李白「黄鶴楼にて孟浩然の広陵に之《ゆ》くを送る」
⑫杜牧「山行」　16票
　柳宗元「江雪」
　杜甫「絶句二首其の二」
⑮乃木希典《のぎまれすけ》「金州城外の作」　13票
　朱熹《しゅき》「偶成」
⑰蘇軾「春夜」　12票
　杜甫「岳陽楼に登る」
　白居易「長恨歌」
　李白「山中幽人と対酌す」
㉑頼山陽「不識庵《ふしきあん》の機山《きざん》を撃つ図に題す」　11票

藤井竹外「芳野《よしの》」

㉓王維「鹿柴」　10票

李白「山中問答」

㉕李白「子夜呉歌四首其の三」　9票

高啓「胡隠君を尋ぬ」

頼山陽「天草洋に泊す」

※以下、28位（8票）：劉廷芝「白頭を悲しむ翁に代わる」、李白「峨眉山月の歌」、李白「月下独酌」、杜牧「清明」、菅茶山「冬夜読書」／33位（7票）：詩経「桃夭《とうよう》」、陶淵明「帰去来の辞」、杜甫「登高」／のべ投票数：一〇二五票、名前の挙がった詩の数：二七四作品

【詩人部門】（一人最大3票まで）

①李白　216票

②杜甫　185票

③白居易　69票

杜牧　69票

⑤王維　64票

⑥陶淵明　60票

⑦頼山陽　39票

⑧蘇軾　29票

⑨孟浩然　26票

⑩王之渙《おうしかん》　13票

⑪乃木希典　12票

⑫柳宗元　11票

菅原道真　10票

陸游　10票

⑮良寛　9票

※以下、16位（7票）：菅茶山／17位（6票）：張継、岑参《しんじん》、西郷南洲／20位（5票）：李賀、藤井竹外《ちくがい》、夏目漱石／のべ投票数：九五七票、名前の挙がった詩人の数：八四人

投票結果を眺めて

——まずは、今回の投票結果を見渡してのご感想からお願いします。

石川　選ばれるべき人が選ばれ、選ばれるべき詩が選ばれているというのが印象ですね。しかし、あえて言うなら作品の中に白楽天の作品が、案外上位を占めてない。これはどういうことかなと思ってね。

中西　白楽天の作品は、「長恨歌《ちょうごんか》」だけですね。「長恨歌」一首をもって詩人としてのランキングがこんなに上になるということは、非常に面白い現象だけども、翻って詩人として見ますと、やっぱり広さに欠けるというような点があるんでしょうか。

石川　白楽天の詩で、今、高校の教科書なんかでは「長恨歌」以外には採られてるのは……。

——「売炭翁《ばいたんおう》」*1はよく採られてますけれども。

石川　「売炭翁」のような風刺詩は日本人はあまり好きじゃないということはあると思いますね。どちらかと言うとロマンチックなものとか、あるいは今はやりの言葉で「いやし」の詩とか、あるいは鼓舞されるような、元気づけられるような詩とか、あるいは見て分かる美しい詩というようなものが日本人に好まれるということは言えるでしょうね。

中西　「長恨歌」は分類から言うと、『白氏文集《はくしもんじゅう》』の中で「感傷」ですよね。感傷の分類の中に入ってる詩がこんなに票を集めるというところが、まさに日本人的なところでしょうか。

　もう一つ、この結果から見えることは、詩として愛してるというのではなくて、句が好きだということ。詩全体として挙げなさいというときに、「春望」*2だとか「江南の春」だとかいうことになる。そういう傾向があるんじゃないかと思います。

石川　「春望」を全部知らなくても、「国破れて山河あり」は知ってるとかね。

日本人の「春望」好き

——その「春望」がダントツの一位でした。

石川　「春望」の場合は、年配の人は敗戦ということが絡みます。そういうところもあるでしょう。

中西　しかし、この日本人の「春望」好きというのは、例えば江戸時代からずっと続いてるわけでしょう。私流にいうと、「春望」と同じようなものが、柿本人麿の「近江荒都の歌」*3にもある。

石川　影響関係はないわけですよね。

中西　ないけども、似ている。「春望」の詩に、どこか日本人のメンタリティーの根底に似通うものがあるとすれば、これは終戦を契機としないで、ということにもなりましょうね。

石川　終戦というのが一つのある意味ではインパクトにはなってますけどね。

中西　そう言えば、三好達治が戦後の三国《みくに》で作った「荒天薄暮《こうてんはくぼ》」*4という詩が、まさに日本の敗戦を背景に背負った詩です。今、東尋坊《とうじんぼう》に大きな詩碑がありまして、そこに刻まれてるんですよ。国が破れて、荒漠とした自然が広がってるという、とても漢詩ふうな詩です。やっぱりこの「春望」の詩と日本人の敗戦というのはかなり結び付いたところが大きいですね。

表現の素直さ

――李白の詩は意外と票が割れましたが……。

石川　まあ、「静夜思《せいやし》」*5は谷崎潤一郎《たにざきじゅんいちろう》*6もほめている作品なんですけど、これなんかが李白の一枚看板かな。李白の中では得票が一番多いでしょう。

中西　「静夜思」につきまして、私、ちょっと思い出があるんです。北京におりましたときに、中秋の名月の夜に円明園《えんめいえん》*7に行ったんです。月がこうこうと照っていて、ほんとに地上が真っ白なんですね。まさに地上が霜なんですよ。これは日本のような大半が黒い耕土とか、あるいは関東ローム層のような粘土とかいうのとは違う、土質の乾いた黄土でしょう。意外にリアリズムなんですね。表現だけ見てますと、何か大げさで、フィクションで言ってるようなんだけれども。それだけ言葉にリアリティーがあるということでしょうかね。

――李白は特に表現の大胆さが好まれる詩人ですよね。

中西　そういう大胆な表現・技巧的な表現というの

が、意外にこの投票結果の中には少ない、そういう気がしたんですけど。

石川　「白髪三千丈《はくはつさんぜんじょう》」[*8]なんていうのは入ってない。「飛流直下三千尺《ひりゅうちょっかさんぜんじゃく》」[*9]も入ってないからね。

中西　日本人には、奇抜な比喩的な表現というのが、昔は割合なかったような気がするんですよ。例えば魚を鱗と言ってみたり、鳥を翼と言ってみたりというような、あの比喩的表現。そういうものを学んだのは漢詩を通してだと思っていたんです。今回の結果を見ると、やっぱり割合おとなしい表現のものが選ばれている。

石川　分かりやすい風景とか分かりやすい感情とか、そういう詩が多いですよ。例えばこの中では「孟浩然の広陵に之くを送る」、これなんか日本人の好きな春がすみでしょう。ああいう中で船がすーっと流れていく。それから杜牧の「山行」もモミジでしょう。モミジの紅さが花の紅さよりも紅い、という発見は、日本人に非常に好まれる要素があると思います。

中西　ほんとにそのまま素直な感じですね。

——陶淵明の「飲酒二十首其の五」は、ちょっと難しい詩なのではないでしょうか。

石川　これもあの名句でしょう。「菊を東籬《とうり》の下《もと》に采《と》る、悠然として南山を見る」、これですよ。それで記憶されている。陶淵明の人生哲学がどうというよりも、悠々として南の山を見ながら菊を采るという、風流なところが好まれてるんじゃないかな。

中西　漱石にもありますね。修善寺《しゅぜんじ》の大患のあと、この詩を思い出して漢詩を作っている。[*10]アニミズムの中に住んでいる日本人は、この詩に自然への親しみのようなものを感じるんじゃないですかね。

石川　陶淵明の生き方とかものの考え方に共感するところもあるのかもしれませんね。

中西　万葉的なところもありますしね、この一首は。

石川　江戸のころになると一種のパターンが出来ていて、つまり隠居したり閑居したりすると陶淵明が出てくる。たとえば石川丈山《いしかわじょうざん》[*11]は、例の詩仙堂《しせんどう》のところへ閑居してたでしょう。彼の詩の中にもずいぶん取り込まれているんです。

杜牧と王維の健闘

——詩人部門を見ると、李白・杜甫の二大スターの圧勝という結果になりました。その次に杜牧が入ってきていますが……。

石川　『唐詩選』には杜牧が一つも入っていないんですけど、杜牧の詩は幕末から明治にかけてうんと読まれてるんですね。例えば「江南の春」でも、春雨にボーッとかすんでいるという、ちょうど猿沢《さるさわ》の池から見る興福寺《こうふくじ》の五重の塔の絵みたいなところがありますね。こういう作品は絵画的でもあるし、また、非常に滑らかなリズムを持っている。そういうところが好かれたんじゃないでしょうかね。

中西　前川佐美雄[*12]っていう歌人がいて、春がすみで朦朧とかすんで、「何も見えねば大和と思え」と短歌を作りましてね。大和は日本人の心の原点でしょうから、それが朦朧とした中にあるという感じですね。

——あと忘れてはならないのは、王維ですが。

石川　王維の詩は、彼が画家であったということも影響して、絵画的なところがあります。その分、分かりやすいと思いますね。わび、さびの世界にも通うものがありながら、同時につやがあるという、そういうところが、日本人には非常に好まれるんじゃないかな。

中西　王維の字は摩詰《まきつ》、維摩詰《ゆいまきつ》ですね。維摩居士に心酔してるわけですね。そういう知へのあこがれという傾向は今のお話には出てこなかったんですけども、どうなんでしょう。自然の中で知的なものを受け取ってくるというような。

石川　そうですね。『輞川《もうせん》集』というのがありまして、輞川荘で彼が作った二十首あるんですよね。これなんかは輞川荘の様子をいろいろ歌っているけど、『楚《そ》辞《じ》』などを巧みに取り込んでるんですよね。ですから、単なる叙景じゃなくて、知的な満足を与えるような仕組みになってます。

中西　日本人の中の維摩好みというのはいろいろありまして、『万葉集』の中にも維摩の故事が出てきますし、維摩の影響というのはかなり日本には強いですね。同じように王維も維摩に心酔したということは、無視できないところがあるんじゃないか。王維は仏教的な詩も作ってますか。

石川　それがそう見れば見られるという程度で、あんまり仏教色はないです。仏教色をあまり強くすると、詩としての感興をそぐということがあったんじゃないですかね。

中西　「元二の安西に使いするを送る」の詩なんかにはまったくそんなものはありませんね。

石川　全然ありません。ただ、「竹里館」なんかにはそういうものが少しはあるという考え方もあります。浄土思想みたいなものがあると言うお坊さんもいます。お坊さんはやっぱり自分のほうに引き付けたいから（笑）。

日本特有の漢詩

中西　李白、杜甫、杜牧、白居易、王維、陶淵明。その後に頼山陽《らいさんよう》[13]、日本人が出てくる。

石川　頼山陽といえば「鞭声粛々《べんせいしゅくしゅく》」。これはだれでも知ってる。

中西　頼山陽というのは書をたくさん書きましたね。あれ、自分の詩を書いてるわけでしょう。ですから、贋作も含めまして、掛け軸を通して頼山陽の詩を日本人がずっと受け継いでいる、ということはありませんか。

石川　それはありますね。逆にそれで俗っぽいというようなことにもなるんでしょうけどね。漱石先生に言わせるとね（笑）。漱石先生は山陽をあまり買ってませんから[14]。

――頼山陽の詩は、最近の高校の教科書には採られなくなっています。

石川　「天草洋《あまくさなだ》に泊す」[15]なんかはぜひ採るといいと思います。中国にないんですよ、これ。日本特有の海洋文学の漢詩ですよ。こういう独自性の強いものを日本人は大事にしないといけませんね。

中西　せいぜい黄河とか長江とか、ああいうのが天涯から流れてくるだとか、海へ流れ込むとか、そういうレベルですね。

石川　あの雄大な海を歌うということは中国にない

です。

生涯に一首作れれば……

――作品部門に戻りますと、四位は孟浩然の「春暁」です。

石川　「春眠暁を覚えず」というこの句を知らない人はないでしょう。この春ののんびりとした雰囲気というのがよく出てるので、それは日本人は大好きですね。

中西　眠りという、非常に生活的なところまで入り込んできてて、こういう句を愛唱してるんでしょうかね。

石川　「春眠」という言葉がとても新鮮なんですね。「冬眠」という言葉はあるけれども、意味が違うでしょう。熊の冬眠とかカエルの冬眠とかいうことは言うけど、「春眠」という言葉は聞いたことがない。孟浩然の造語と思いますよ。非常に新鮮な感じがする。人間がぬくぬく寝てる（笑）。

中西　これ、みんな想像なんでしょうね。「処処啼鳥を聞く」と言ったって、見てないわけで、聞いてるだけで。「夜来風雨の声」って、これも聞いてるだけで見てないですね。花も落ちてるだろうなというのも想像なんでしょうね。すべてが想像の中で展開してる風景。現実から一歩夢幻的な世界に入り込んでいって、朦朧として暁を覚えないということでしょうか。

――そのほかで上位に入った詩となると、王之渙《おうしかん》[16]・王翰《おうかん》[17]・張継の名作があります。

石川　王之渙は「鸛鵲楼に登る」の他には例の「羌《きょう》笛《てき》何ぞ須《もち》いん楊柳《ようりゅう》を怨むを、春光度《わた》らず玉門関」という名句で有名な「涼州詞」[18]ぐらい、王翰はここで挙がっている方の「涼州詞」ぐらいしか詩がない。それから張継も四十数首残ってるけど、やはり「楓橋夜泊」、これだけですよね、ほとんど。

中西　先生が書いておられた、詩人というのは生涯に一首作ればいいと。

石川　そうですね。一首あればいいですね。

中西　作家は一編いい小説を書けばいいではなくて、

詩人は一首あればいいというのは、詩の特性でしょうか。

石川　でしょうな。

中西　詩というのは、読み手にとってある意味では心のテキストみたいなところがあるでしょう。詩がことわざと同じような役目で、常に教えを与えたり、叱咤激励を続けたりという役目をする。だから、長々と書いた小説なんかとは違って、その一句で、ことばで勝負する。そういうものも漢詩が果たしてる大きな役割の一つじゃないでしょうかね。

「涼州詞」から乃木希典へ

――その王翰の「涼州詞」と、先ほどの王維の「元二」の詩、この二つから見ると、西域を舞台にした詩の人気がうかがわれます。

石川　西域とか、砂漠の戦場というのは日本にないわけですからね。そういうものに対する一つのあこがれと言うと変だけど、エキゾチックな感じが引き付けるんじゃないかしらね。

そこで私の説なんだけど、乃木希典《のぎまれすけ》[*19]の「金州城外の作」は、日本人の作品だけども、うたわれてる舞台は中国でしょう。ですから、「涼州詞」などと共通性を持っていると思うんですよ。「涼州詞」が好まれると同様の線上に乃木希典の「金州城外の作」がある。これは日本人が初めてそのような環境に出て、味わって作った作品ですよ。

中西　乃木将軍がこの詩を作ったときの心境自体もそうなんですよね。「涼州詞」が頭にある。戦場としての中国というものがあって、これを作る。その気持ちが享受者のほうにもいく。そういうことでしょうかね。

乃木大将が漢詩を作るときの様子は、スタンレー・ウォシュバンという人が『乃木大将と日本人』[*20]という本に書いています。テントの上のほうに椅子をしつらえて、夜空を仰いで将軍乃木が沈思黙考してるとか書いてあるんですよ。だから、そのときにはこういう「涼州詞」とか、その他の漢詩が頭に浮かぶんでしょうね。

石川　これは日本人の作品ではあるけれども、ある種中国と通うところがあると思いますね。

中国へ行けるようになって

――乃木将軍の時代と違って、現在では、中国旅行もだいぶ身近になりました。

石川　そういう事情も漢詩の世界を広めてるかもしれませんね。

中西　シルクロードに行ったりする人が増えてますからね。あれが陽関だって大喜びして。まあ何にもなくて、ちょこっとした烽火台《ほうかだい》だけで、周りがずーっと砂漠なんですよね。

石川　玉門関もそうですね。遠くのほうから見えますけど、ぽつんとあるだけですよね。

中西　行っても大変ですよね。敦煌《とんこう》に行ったとき、バスでゴビ砂漠の中をずっと行きますと、あちこちに崩れたお墓があったりしまして、ほんとに実感は満点なんですけどね（笑）。

石川　まあ、現地に行ってみて親近感が出てくることはありますね。今までは想像だけの世界だったのが、ああ、寒山寺ってこういうお寺だかとか、それから白帝城はこれだとかで親近感が出てきて、よけいに作品に対して興味がわくということはあるでしょうね。

中西　それが実感を深める場合もありますが、裏切られてしまう場合もあります（笑）。

――石川先生、裏切られたケースって何かありますか？

石川　ありますとも。王維の「香積寺《こうしゃくじ》に過る」[*21]なんていう詩は一番最たるものだ。「知らず香積寺」なんていって、「数里雲峰《うんぽう》に入る」なんていうから、どんな深山幽谷かと思ったら全然違う。木なんか一本もない（笑）。あれが一番幻滅を感じた。

明治人と漢詩

――話は戻りますが、乃木将軍のような日本人が初めて中国へ行って、そこで中国の詩につながるような詩を作ってしまうというのは、すごいことだなという感じがします。

石川　しかし、それは一種の例外かも分からないね。こういう作品はめったにできませんよ。おまけに彼は二人の息子がここで死んでるでしょう。そういう個人的な体験も絡んでますから、こういう傑作が出来た。

　正岡子規[22]にも十年前の日清戦争のときの金州城外の作品があるんです。これは『唐詩選』ばりの詩。だいぶ違います。良く出来てるんですけど、乃木将軍のような深い感動というのは感じない。

――明治の人々っていうのはそうやって漢詩をよく作ってたんですね。

石川　ごくごく日常茶飯事ですよ。日記の端に書くんですから。森鷗外の『航西日記』[23]というのがそうでしょう。漢文で書いてる。その終わりに詩を作ってる。だいたい毎日作ってる。

中西　お話の通りだと思うんですけども、鷗外の漢詩はいかにもわざとらしい漢詩ですね。

石川　そうですね。

中西　やっぱり鷗外は軍人だと言っても軍医で、そんなに漢詩的な、男っぽいものがどうも感じられない。ヨーロッパへ行って作ったベルリンの詩だって、煙をはく煙突が林立をしてるとか、煤煙ですすけてるとか[24]。状況は全然違うんですけど、やっぱり乃木大将という人には、明治以前から持ち越してきたものがうまく継承されている。

石川　年代的に言って乃木将軍は、御一新のときはちょうど二十歳だったんですよね。子どものときは江戸時代ですから、鷗外とはだいぶ違う。鷗外は明治になって学校教育を受けてるわけですから。

中西　大きな時代の変動の中で継承されていったものというのがもしあれば、この「金州城外」もそういう中で位置付けられませんか。

石川　そうかもしれない。幕末から明治にかけて、漢詩が急に変わったわけではないですからね。小野《おの》湖山《こざん》[25]なんていう先生は明治四十何年まで、九十幾つまで生きていた(笑)。森春濤《もりしゅんとう》[26]という詩人がいますけど、生まれは確か文政の初めですけど、死んだのは明治二十年ごろですよ。その息子が森槐南《もりかいなん》[*27]ですからね。だから、江戸時代からずっとそういう伝統を背負っている。

中西　勝海舟[*28]は割合要領よく生きた男だと思いますけども。あの人も戦前と戦後といいますか、明治以前と以後というのをうまく両方持ってるような感じですね。

石川　ただ、漢詩はあんまり、ね（笑）。

中西　駄目ですか（笑）。漢詩は知らないんですけども。

日本人の忘れもの

――漢詩は、そのような大きな時代の流れを超えて生き続けてきたわけですから、それを絶やさないようにしていかなければ、という気がしますが。

石川　戦後五十何年もたってますけど、不思議なことにここへ来て漢詩に対しての関心が深まってるような感じがするんですよ。例えば私の話で恐縮ですけど、湯島の聖堂で詩を作る講座をやってるんですが、定員百人でキャンセル待ちなんです。作りたい人がたくさんいるわけです。順番を早くしてくれなんて私のところへ頼みに来たりね。それからその上のシニアコースも、定員が八十だけど、これも満員なんです。

中西　どういう年齢層の方？　八十ぐらいですか。

石川　そうですね。そういう人ももちろんいますけど、もうちょっと若い人もいます。だいたい昭和一けた、二けたの初めぐらいが多いです。

中西　つまり戦争の経験者ですね。

石川　経験者ですね。最近は若い学生なんかもちらほらいますけどね。地方地方で、八十幾つの長老が音頭を取って詩の集まりをするようになった。そういうのを横につなげていければいいと思う。だから、今回の企画は非常にいいと思う。横につなげて、またこれが盛んになってね。日本人の忘れてたものをね。

中西　『日本人の忘れもの』[*29]（笑）。

石川　いい題ですね。これを取り戻したいと私は思いますよ。忘れものですよ、これは。

中西　漢詩というのは、ただ単なる漢詩を離れて、漢詩的なるものというふうに言えば、ものすごく大きな要素になってますでしょう。だいたい俳諧がそうですしね。和歌文学に対する俳諧文学というのは、和文的なものに対する漢詩的なものですから。明治でいうと、どこの教科書にでも書いてあるように、和文脈の島崎藤村《しまざきとうそん》*30と、漢文脈の土井晩翠《つちいばんすい》*31。いろんなところで生きてるんですよね、漢詩って。

石川　漢詩の伝統は非常に層も厚くて、また、質的にも高いものが多いので、われわれはこういうものをもう一回見直して、貴重な財産として受け継いでいかなくてはならないと思いますね。

中西　常に相対化することで、ものっていうのは成長したり退化したりするわけでしょう。つまんない話だけども、木の片方の枝の芽を切ると、もう片方は伸びないんですってね。両方置くと両面競合して伸びていく。歯もそうで、下の歯があると上の歯は成長する。ないと退化する。漢詩と和歌を歯の上下に例えるのは悪いんだけども（笑）。

石川　漢詩と和歌と俳句と、三位一体でいくといいんじゃないかな。

中西　それが割合と融合するんですよね。「和詩」というのはちょっとこなれない言葉かもしれないけども、「和詩」と呼べるようなものが、奈良時代の終わりごろに出来てきますね。それより以前の、日本で一番古い漢詩といわれる大友皇子*32の詩とか、そういうものはいかにも中国のまねをした感じです。ところが、ずっと後の石上乙麿《いそのかみのおとまろ》*33あたりになりますと、非常に和歌的な詩を作ったり、場合によったら『玉台《ぎょくだい》新詠《しんえい》』*34風なのを作ったりするんですね。そういう意味じゃ、和歌的なものと漢詩的なものの二つが、いつも一緒になったり離れたりしている。対みたいなものですかね。

――日本文学の伝統の中での漢詩の位置を再確認、というあたりで、今日のところはおしまいにしたいと思います。ありがとうございました。

＊1　「新楽府《しんがふ》」（一八ページ注4参照）の一つ。官吏の横暴に苦しむ炭売りの老人の悲劇をうたった七言古詩。

＊2　杜甫の五言律詩。「国やぶれて山河在り、城春にして草木深し」で始まる、あまりにも有名な作品。

＊3　『万葉集』巻一―二九。「大宮は此処と聞けども、大殿は此処と言へども、春草の繁く生いたる」などの句を含む。

＊4　詩集『故郷の花』所収。「天荒れて日暮れ／沖に扁《へん》舟《しゅう》を見ず／余光散じ消え／かの姿貧しき燈台に／淡紅の瞳かなしく点じたり」と始まる。

＊5　五言絶句。全体は、「牀前《しょうぜん》 月光を看る、疑うらくは是《こ》れ地上の霜かと。頭《こうべ》を挙げて山月を望み、頭を低《た》れて故郷を思う」。

＊6　小説家（一八八六～一九六五）。『文章読本』の中で、「静夜思」について、「この詩には何か永遠な美しさがあります」と述べている。

＊7　北京市内にある、清朝歴代皇帝が造った広大な庭園。一八六〇年、英仏連合軍に破壊されたが、現在もそのままの姿で保存されている。

＊8　五言絶句「秋浦《しゅうほ》の歌」の一句。全体は「白髪三千丈、愁いに縁《よ》りて箇《か》くのごとく長し。知らず明鏡の裏《うち》、何《いず》れの処にか秋霜《しゅうそう》を得たるを」。

＊9　七言絶句「廬山《ろざん》の瀑布《ばくふ》を望む」の一句。全体は、「日は香炉を照らして紫煙を生ず、遥かに看る瀑布の長川《ちょうせん》を挂《か》くるを。飛流直下三千尺、疑うらくは是れ銀河の九天より落つるかと」。

＊10　漱石が友人の池辺三山に贈った漢詩の最後に「犬吠え鶏鳴きて共に好《よ》き音」、大正五年九月三〇日に作った漢詩の最後に「雲を看《み》菊を採りて東籬に在り」とある。

＊11　江戸前期の漢詩人（一五八三～一六七二）。「富士山」「幽居即事」などの詩が有名。

＊12　歌人（一九〇三～九〇）。「何も見えねば」の歌は「春がすみ　いよいよ濃くなる　真昼間の　なにも見えねば　大和と思へ」（歌集『大和』所収）。

＊13　江戸時代後期の漢詩人（一七八〇～一八三二）。「鞭声粛々」は、七言絶句「不識庵《ふしきあん》の機山《きざん》を撃つの図に題す」の冒頭で、全体は、「鞭声粛粛　夜　河を過《わた》り、暁に見る千兵《せんぺい》の大牙《たいが》を擁するを。遺恨　十年　一剣を磨き、流星光底《りゅうせいこうてい》　長蛇《ちょうだ》を逸す」。

＊14　たとえば「草枕」の中で、山陽は俗な男だ、と述べている。

＊15　「雲か山か呉か越か、水天髣髴青一髪《すいてんほうふつせいいっぱつ》」という名句で始まる七言古詩。

＊16　盛唐の詩人（六八八～七四二）。「鸛鵲楼に登る」は、五言絶句。全体は、「白日　山に依りて尽き、黄河

海に入りて流る。千里の目を窮めんと欲し、更に上る一層の楼」。

＊17 盛唐の詩人（六八七？〜七二七？）。「涼州詞」は、七言絶句。全体は、「葡萄《ぶどう》の美酒 夜光の杯、飲まんと欲すれば 琵琶 馬上に催す。酔うて沙場《さじょう》に臥す 君笑うこと莫《な》かれ、古来 征戦 幾人か回《かえ》る」。

＊18 七言絶句。全体は、「一片の孤城万仭《ばんじん》の山、黄河遠く上る白雲の間。羌笛何ぞ須いん楊柳を怨むを、春光度らず玉門関」。

＊19 明治の軍人（一八四九〜一九一二）。「金州城外の作」は、日露戦争中、大連の北東にある金州で作られた七言絶句。全体は、「山川草木 転《うた》た荒涼、十里 風は腥《なまぐさ》し 新戦場。征馬は前《すす》まず 人は語らず、金州城外 斜陽に立つ」。

＊20 目黒真澄訳、講談社学術文庫。絶版。

＊21 五言律詩。全体は、「知らず香積寺、数里雲峰《うんぽう》に入る。古木人径《じんけい》無く、深山何《いず》れの処の鐘ぞ。泉声危石《きせき》に咽《むせ》び、日色青松《せいしょう》に冷ややかなり。薄暮空潭《くうたん》の曲《くま》、安禅《あんぜん》毒竜を制す」。

＊22 歌人・俳人（一八六七〜一九〇二）。金州城外の漢詩は、一八九八（明治二九）年作の七言絶句。全体は、「乱後の亡民《ぼうみん》求むべからず、杏花《きょうか》空屋《くうおく》燕児《えんじ》愁う。遼陽《りょうよう》四月草猶《な》お短し、行人の為に髑髏《どくろ》を掩《おお》わず」。

＊23 鷗外がヨーロッパへ留学するとき、往路で記した日記。

＊24 たとえば『独逸日記』に、「今朝《こんちょう》山靄《さんあい》簾《すだれ》に入りて来たり、忽《たちま》ち豁然《かつぜん》として枯肺《こはい》の開くを覚ゆ。首を回《めぐ》らせば北都雲気暗く、石筒《せきとう》林立して青煤《せいばい》を吐く」とある。

＊25 幕末・明治の漢詩人（一八一四〜一九一〇）。

＊26 幕末・明治の漢詩人（一八一九〜一八八九）。

＊27 明治の学者・漢詩人（一八六三〜一九一一）。

＊28 幕末・明治の政治家（一八二三〜一八九九）。

＊29 中西進著、二〇〇一年、ウェッジ刊。

＊30 小説家・詩人（一八七二〜一九四三）。たとえばその詩「初恋」は、「まだ上げ初めし前髪の／林檎の下に見えし時」と始まる。

＊31 詩人（一八七一〜一九五二）。たとえばその詩「星《ほし》落《おつ》秋風《しゅうふう》五丈原《ごじょうげん》」は、「祁山《きざん》悲愁の風更けて 陣雲暗し五丈原」と始まる。

＊32 天智天皇の皇子、弘文天皇（六四八〜六七二）。『懐《かい》風藻《ふうそう》』に二首の漢詩を残す。そのうちの「宴に侍す」は、「皇明《こうめい》日月《ひつき》と光《て》らい、帝徳天地《あめつち》と載せたまう。三才並《みな》泰昌《たいしょう》、万国臣義《しんぎ》を表す」。

＊33 奈良時代の漢詩人・歌人（？〜七五〇）。『懐風藻』に四首の作品を残す。流刑先から都の恋人を思った詩「秋夜閨情」が名高い。

＊34　六世紀、南朝梁で編まれた詩集。漢から南朝梁までの恋愛詩を収める。

〔この対談は、『月刊しにか』（大修館書店）誌上で行われた「漢詩国民投票」の集計結果を受けて、同誌二〇〇二年一〇月号に掲載されたものです。本書収録にあたり、注を整理するなど、若干、手を加えてあります。〕

あとがき

この書物に付録として収められている対談をした時のことである。何しろアンケート調査の結果、日本人が愛してきた漢詩が目の前にずらりと並んだのだから、おいしい御馳走が食卓いっぱいに登場したようなものであった。われわれはそれを見ながら、なぜこの皿の料理が日本人好みなのかとか、いつから日本人はこの皿の料理を好んできたのかとかと、議論をすることになった。

そうなると、いきおい皿の料理を、食べたくなるではないか。ところがそれを禁欲して、ひたすら料理評論家になることが要求された。

大いに、不満であった。

そこで石川忠久さんという日本一の食通に味わい方を聞きながら、実際に食べてみたい、そう強く思った。もちろんその時の私の頭の中に吉川幸次郎と三好達治の『新唐詩選』があったことは、いうまでもない。

「食べてみませんか」という提案は、編集担当の円満字二郎さんから出たか、私が出したか、もう覚えていないが、そんな話し合いになった。

時をおいて、石川さんに導かれながらの漢詩対談が、雑誌『月刊しにか』で実現した。一年間。しかし対談の各回はあっという間に終わってしまって、もっともっと味わいたいと思うことが、しばしばだった。それほど楽しくもあった。

何が楽しかったかといって「ことばのわざ」というものがいかに楽しいか、知っているつもりではいたが、漢詩はまた格別であった。じつは今、私は併行して日本の漢詩について語った講演を整理しているが、残念ながら、中国の漢詩と日本の漢詩とでは「ことばのわざ」がまるでちがう。いつも例に出される「白髪三千丈」ではないが、中国人は虚に遊ぶことにおいて、日本人より、はるかに上手《うわて》である。

とくに今回は、中国の名だたる名手による詩を鑑賞したのだから、虚の巧みさは絶妙だった。本文でも言及したが、私はしばしば「地球規模」ということばを思い浮かべた。李白の「黄鶴楼《こうかくろう》にて孟浩然《もうこうねん》の広陵に之《ゆ》くを送る」の、

　孤帆《こはん》の遠影　碧空《へきくう》に尽き

などもその一つで、舟は揚子江を下っているのに、その行方は碧空の中だというのだから、ウソも

いいところである。なぜ舟が大空に舞い上がるのか。

しかしそういって怒るとなると、そちらの方がウソだろう。だって舟が河を下りつづけるのを地上の人間は見られないのだから、もし「河の果てに遠ざかった」などといえば、頭で理解しているにすぎない。それよりも実景は空の果てだろう。

その情景を思いやると、地平線は直線ではなく、丸く曲線をなしているように思う。つまり地球は丸いのである。

何と、李白は地動説の最初の提案者だった。

残念ながら、このような規模の大きさは、日本の和歌には見られない。和歌を軸とする日本の物語でも、そんなことをいうと奇警のそしりを受けてしまうだろう。

もう一つ、杜甫の「旅夜書懐《りょやしょかい》」の「星垂れて平野闊《ひろ》く、月湧いて大江流る」にも感動した。日本にも降るように星が天空に散りばめられる景色はあるだろうが、それを受ける闊い平野がない。ましてや月を湧かすような大河はない。何とも広大な景色だと感嘆するしかないが、しかしこの広大さを実現させるものは、星が垂れるとか、月が湧くとかということばの力量であろう。何も土地が広いからこう表現したまでだ、などというものではない。

もう大詩人となると、ことばは自家薬籠中のもので、自由自在、変幻自在、ことばを手玉にとって発想をふくらませていく。

これを堪能することは、楽しいこと例えようもないのである。

しかもお相手の碩学からは、どんなことを発言しても、たちどころに例句が出て来て、反響がある。それで楽しみは二倍にも三倍にも増した。

今や、この楽しみをまとめて読者にも味わってもらえるようになった。うれしい限りである。

心から石川忠久先生、円満字二郎さんに御礼を申し上げたい。

平成十六年三月

中西　進

［著者略歴］

石川　忠久（いしかわ　ただひさ）

東京都出身。東京大学文学部卒業。同大学院修了。文学博士。公益財団法人斯文会理事長。全国漢文教育学会会長。NHKテレビ・ラジオの「漢詩の世界」の講師を長年つとめ，全日本漢詩連盟の初代会長に就任するなど，漢詩の普及に努力している。『新漢詩の風景CD付』『漢詩人大正天皇』『石川忠久 漢詩の稽古』（大修館書店），『漢詩鑑賞事典』（講談社学術文庫），『漢詩と人生』（文春新書）など，著書多数。

中西　進（なかにし　すすむ）

東京都出身。東京大学文学部卒業。同大学院修了。文学博士。一般社団法人日本学基金理事長。全国大学国語国文学会名誉会長。『万葉集』などを中心とした日本古代文学の比較研究にあわせて日本人の精神史を研究，幅広い評論活動で知られる。『万葉集 全訳注原文付』（全5巻，講談社文庫），『日本の文化構造』（岩波書店），『日本人の忘れもの』（全3巻，ウェッジ）など，著書多数。

石川忠久《いしかわただひさ》 中西 進《なかにしすすむ》の漢詩《かんし》歓談《かんだん》

NDC921 288p 19cm

初版第1刷――2004年5月1日
第4刷――2019年7月1日

著者――石川忠久《いしかわただひさ》・中西進《なかにしすすむ》
発行者――鈴木一行
発行所――株式会社大修館書店
〒113-8541　東京都文京区湯島2-1-1
電話03-3868-2651（販売部）03-3868-2290（編集部）
振替00190-7-40504
［出版情報］https://www.taishukan.co.jp

装丁者――山崎登
表紙背景写真――㈱シーピーシー・フォト
印刷所――広研印刷
製本所――難波製本

ISBN978-4-469-23230-1　Printed in Japan

石川忠久 著

漢詩の稽古

漢詩実作指導の第一人者による作詩講座が一冊に！　三十余年にわたる門人への指導を紙上に再現。独習にも役立つ「稽古索引」ほか、付録も充実。

四六判・二五六頁・本体一、八〇〇円

石川忠久 著

漢詩人　大正天皇　その風雅の心

漢詩研究第一人者の著者が、大正天皇の漢詩から、その「文人としての姿」にせまる一冊。大正天皇の知られざる一面を生き生きと浮かび上がらせる。

四六判・二二六頁・本体一、六〇〇円

中西進 著

日本人のこころ

古代から現代まで、日本文学に表れた心情や精神、思想や民俗を、豊富な作例をとりあげ、鋭い視点から平易に説く。私たち日本人のこころを見極める絶好の書。

四六判・二二六頁・本体一、五〇〇円

中西進 著

ユートピア幻想　万葉びとと神仙思想

今まで等閑視されてきた中国の神仙思想と『万葉集』の濃密な関係を初めて明らかにし、従来の万葉観を変える瞠目の書。中西万葉学の核心的成果。

四六判・三〇六頁・本体一、八〇〇円